Kaskötő István
Az öreg Joe
meg Wilson a szomszéd.

Minden jog fenntartva.

ISBN 1 989073-06-9

Kiadó
Kaláka Szépirodalmi Folyóirat
Kaskötő István

Első fejezet

amiben az író bemutatja hősét és elhatárolja magát annak minden tettétől, szavától és gondolatától, annak ellenére, hogy családja és ismerősei esküsznek a két személy gyanús hasonlóságra.

Az Öreg Joe... Hát igen, mit tagadás Joe, öreg. Maholnap betölti a nyolcvanat. Panaszra nem sok oka lehet, eltekintve a szokásos öregkori nyavalyáktól meglehetősen jó állapotban van. Éppen a napokban füllentett az egyik pénztáros lány az üzletben, mikor korról esett szó, hogy nem saccol többet Joenak, mint hetven-hetvenkét évet.

- Hogy áldja meg az isten a kegyes hazugságért.

Éli a nyugdíjasok egyhangú életét, tesz-vesz a ház körül, gondozza a kis kertet, palántál, gyomlál, vágja a füvet és eteti a madarak évről-évre szaporodó seregét. Persze nem volt könnyű hozzászokni az öregkori semmittevéshez. Néhány évig a nyugdíjazása után mindenféle részidős munkát vállalt, nem is annyira a pénz miatt, bár az is közrejátszott, de főleg bizonyítani a világnak, hogy őrá még mindig szükség van.

Aztán kiderült, hogy nincs!

A fiókba dobta a karóráját, mondván, hogy sehol sem várják időre, sehonnan sem fog elkésni, az óra csak fölösleges nyűg. Nem hord fűzős cipőt, nadrágot csak gumizott derékkal visel, sem szíj, sem nadrágtartó, a nyakkendőkről nem is beszélve. Hetente egyszer borotválkozik, azt is csak azért, mert Máli - ő a feleség - megfenyegette, hogyha szakállt mer növeszteni, kicseréltetí a zárat a ház ajtaján.

Totális, maximális nyugállományi kényelem, mennyei nyugalom, csak a hárfazene hiányzik a háttérből, hogy teljes legyen az illúzió.

A társadalmi életre való igényt tökéletesen kielégíti Don Wilson - ő a szomszéd - bár hatvanhét évével, szinte gyereknek számít. Két éve nyugdíjazták, a torontói közlekedési vállalattól, húsz évig vigyázta a városi menetrendet, szegény pára még mindig ott tart, hogy reggelenként megborotválkozik, nyakkendőt köt, zakóba bújik és pontosan fél nyolckor, kávésbögrével a kezében, beül a kocsijába... - és elhajt a sarki üzletbe megvenni a reggeli újságot. Zavaros álmaiban elbocsájtják, megtagadják tőle a munkanélküli segélyt, a felesége beadja a válópert, mert nem tudja kifizetni a fodrász számláját és a globális hőmérséklet eléri a negyven fokot. Unalmában folyton eszik, már kihízta minden nadrágját és fél éjszakákat pókerezik az interneten.

Joe megesküdött, hogy ha belepusztul is, megtanítja, hogyan kell öregnek lenni. Nem egyszerű dolog, ő már keresztülment a nehezén.

Dan Wilson legnagyobb problémája, hogy még mindig azt hiszi, hogy a "mi volt", vagy "mi voltam" valami féle szerepet játszik a mindennapi életében. Minden reggel - hacsak nem esik - kiülnek Dan garázsa elé, az elmaradhatatlan kávésbögrével és miután a napi "itt fáj, ott fáj"-t és a depressziós gazdasági híreket megtárgyalták, Dan szomszéd rákezdi.

- Hatvanháromban, a St.George és a Bloor sarkán volt szerviz garázsom... Vagy: ...farmon nőtem fel, ott nem volt lazsálás a gyereknek is kijárta a melóból... Vagy: ... azon a héten Nelly volt a harmadik, mikor az ember húsz éves, ész nélkül halmozza a sikereket... bezzeg manapság... És jön a panasz, hogy már a Viagra se segít.

Joe türelmesen hallgat, bólongat, igazat ad, néha-néha rátromfol, ő csupa jóindulatú türelem. Tudja, hogy ezen a fázison túl kell esni minden új öregjelöltnek, aztán vagy kigyógyúl a *volt-voltam* kórságból és éli hátralévő éveit köztiszteletben, vagy mindeki kerülni fogja mint egy leprást, halálra unva a végnélküli emlékezéseit.

Félreértés ne essék Joe gyengéd szerettetel őrzi az emlékeit, különösen a jókat, de azok senki másra nem taratoznak... igaz többre nem is alkalmasak, mint szórakoztató történeteknek. Kit érdekelne például, hogy először látni a Csendes-óceánt, vagy hazatérni egy messzi útról milyen érzés volt s még annyi év után is melegség tölti el a szívét, ha rá gondol. Az ilyen, meg hasonló élmények, ha emítve vannak is, csak családi alapon Máli társaságában. Egy az egyhez.

Joe, még élete derekán megszívlelte egy bölcs guru tanácsát, hogy a kiegyensúlyozott boldog élet titka; az ember ismerje és fogadja el a saját korlátait. "*A csillagokhoz mérd magad*" filozófiája ugyan jól hangzik, de a valós életben, csak végnélküli csalódásokhoz vezet. Nem is volt különösebb problémája mig egy szép napon - furcsa módon az a szép nap a nyugállományba való ledegradálása után következett be - azok a bizonyos korlátok elkezdtek szaporodni.

Kezdődött azzal, hogy a megszokott, jól füszerezett kedvencek gyomorégést és féléjszakás álmatlan hánykolódást okoztak. A mexikói enchalada és szechuwan shishkabab a tiltott örömök listájára kerültek. Aztan jöttek "*a már nem tudom*" alapvető korlátok, mint hány kiló is a *nehéz*? Meg, hová a fenébe tettem a szemüvegemet.

Lasacskán egy tetemes lista jött össze, na is nem leírva, de mindenkorra emlékeztetőül, hogy "*ne is próbáld öregem, ugy se fog menni*". Csak egy néhány a fontosabbak közzül mint:

Már nem tud keresztül pisilni a kerítésen.

Már nem tudja futva elérni a búszt.

Már nem is próbál leguggolni, mert nem fog tudni felállni.

Már nem tud cigánykereket hányni.

Már fizet a kocsimosásért ahelyett, hogy maga csinálná.

Már nem tud fára mászni.

Már nem tud fejreállni.

Már nem tudná Málikát táncba vinni.

Már nem tud biciklizni.

Már körbe-körbe hajt a parkolóban üres helyre várva, hogy ne kelljen húsz métert gyalogolnia.

Már ülve húzza fel a nadrágját.

Már nem tud gyereket csinálni... na, nem mintha nagyon akarna, de mégis.

...és így tovább, mind több és több elszomorító felismerés, hogy az öregedés nem is olyan nagy öröm.

*

- Hová mész?

- A bótba, nincs reggelre tej, meg madáreleség.

- Elment a jódolgod? Tíz óra.

- Először is fél tíz, másodszor, éjfélig vannak nyitva.

- Hajts óvatosan, sötét van.

- Nem vagyok vak.

- Csak süket.

- Ehm... - elaharapta a szót, tapasztalatból tudja, hogy jobb ha nem folytatja, egy rossz szó, vagy egy gondatlan hangsúly komoly következményekkel járhat.

A szupermarket meglepően forgalmas volt, beemelte a két madáreleséges zsákot a vásárlókocsiba, tizennyolc kiló egyenként, kicsit meghúzta a derekát, nem az első eset, már többször gondolt rá, hogy kisebb zacskóval kellene venni, tíz kilósat, de az ára miatt elvetette a gondolatot. Majd kiheveri a derékfájást, így is túl sokba kerül etetni az ég madarait, ami tulajdonképpen az Isten dolga lenne, de ha nem eteti őket akkor nem jönnek, a kert meg madarak nélkül... nem kert. Vett még két kilónyi szőlőt, meg egy csomag csokis, karamellás szeletet. Már a pénztárnál volt mikor eszébe jutott a tej. Majd' elfelejtette. Nem egyszer előfordult már, hogy minden mást összeszedett, de amiért jött az kimaradt. Otthon aztán jött a kioktatás.

- Miért nem írod fel, hogy mi kell. Lukas az agyad, már azt se tudod, hogy jössz, vagy mész. Mégjó, hogy hazatalálsz.

Aztán listát csinál... és otthon felejti. Somolyog az orra alatt és legyint, megengedheti magának. Öreg.

A hármas számú pénztárhoz állt, Lóri a nyugdíjas banktisztviselő szolgálta ki ott a kuncsaftokat, egy jó kedélyű, nagydarab asszonyság, aki négy éve tűnt fel a láthatáron és azóta is, rendszeresen cserélik sorsdöntő információikat Joeval, úgy is mint időjárás, pimasz turisták meg derékfájás.

- Hi! Good looking! - Üdvözölte az öreget és már nyúlt is a telefon után, ahogy meglátta a két zsák madáreleséget a vásárló kocsiban.

- Kisegítő a hármashoz... - harsogta a hangosbemondóba.

Bizony elkelt a segítség, reggel meg majd csak kiszedi valahogy, talán még Dan is kéznél lesz, hogy segítsen.

Igen gyér volt a forgalom a MacLeod úton, a szomszédsága meg teljesen elhagyottnak tűnt. Dolgos népek, korán térnek nyugovóra - gondolta - aztán jön az újabb nap a sóbányában. Úgy kell nekik.

A játszóteres kis parknál egy tarka macska ügetett át az úton, nem is nagyon igyekezett, bízott benne, hogy a kocsi majd megáll, Joe valóban lefékezett, meg is állt, nézte, hogy a macsek eltűnt a kis ligetben. Egerészni ment, vagy talán randevúja volt.

Szokatlanul csendes volt az est, tiszta, mély kék az ég, csillagos. Frissen vágott fű szaga keveredett a petúnia, rózsa illatával… leállította motort és kiszállt a kocsiból. Elindult a park felé… érdekes, gondolta, tizenöt éve él itt és még egyszer sem vette a fáradtságot, hogy be is sétáljon, pedig hányszor gyalogolt el mellette. A játszótér felé vette az útját és kis tétovázás után leült a homokozó szélére. Körülnézett, látja-e valaki. Valami megmagyarázhatatlan bűntudat fogta el. Micsoda dolog az, hogy egy ilyen vénember betolakszik a gyermekek világába? Illő dolog-e? Beletúrt a homokba, meglepően meleg volt, tárolta az egész-napos napsütést. Ellenállhatatlan vágy fogta el, lerúgta magáról a szandált és belépett a homokozóba. Mezítelen lábbal körbe-körbe sétált, élvezte a meleg homok simogatását –

a malibui tengerpart jutott eszébe, az első találkozás a Csendes-óceánnal. Az újrakezdés izgalma, majd a be nem teljesült remények, csalódások. De főleg a jó. A kék tenger és a barátok. Lám csak, lám csak - gondolta és elmosolyogta magát - ott talál az ember új élményt, új örömöt, ahol nem is várja. Mind gyorsabb és gyorsabb tempóban rótta a köröket, danászni lett volna kedve, de az est csendje rendre intette. Időnként körbe-körbe nézett, mint aki attól fél, hogy a csínytevésen valami meg nem értő hatóság rajtakapja. Na és? Nyugtatta meg magát, hol van az előírva, hogy a játszótér használata korhatárhoz van kötve. Adófizető polgár vagyok, jogom van a város által nyújtott előnyöket élvezni - akinek nem tetszik, hát... Ha kedvem támadna, még hintáznék is.

A HINTA.

Alig pár lépésre a homokozótól állt a hinta, egy egész sor. Három a kicsiknek, három a nagyoknak, meg a csúszkáló, ágas-bogas szerkentyű, mozdulatlanul, kihívó szemtelenséggel.

- Na, te vén trotli, hintázni tudsz-e még? Vagy, már az is a listára került? Már semmit se tudsz? - suttogott a hinta az esti csendben.

És ellenállhatatlan erővel, mint egy óriás mágnes húzta magához. Az öreg nem is ellenkezett, kilépett a homokozóból és lassan, óvatosan lépegetett a hinta felé. Már nem is gondolt arra, hogy valaki esetleg rajta is kaphatná, legyőzhetetlen vágya támadt, hogy hintázzon. Hátat fordított a középső hintának, hátranyúlt és megmarkolta két kézzel a láncot és lassan ráereszkedett az ülésre. Behunyta a szemét és réges-rég tanult, mélyen a tudat alatt rejtett mozdulattal elrúgta magát a földtől, majd előrenyújtott lábakkal hátradőlt, lendült, előrehajolt és újra kezdte, mintha mindennap azt csinálta volna. Mind magasabbra és magasabbra repülve... nyig-nyég... nyikorgott a vasszerkezet a súlya alatt s Joe csukott szemmel, visszafojtott lélegzettel élvezte a régfeledett, gyermekes örömöt.

Mikor is volt, hogy utoljára hintázott? A városi parkban, vagy a tanyasi nagy diófa alatt?

Nem.

Váratlan, tiszta kép villant fel mélyen az emlékezetéből. A város lassan tért magához a háborús tetszhalálból, az első nyár volt légiriadók nélkül, éhesen, de jobb napokról álmodva már nevetni is szabad volt.

Vasárnap. Piknik a Városligetben. Valamiféle ünnepi alkalom s egy szeplős, copfos lány, nevére nem is emlékszik és hajóhinta a Vurstliban.

Nyik-nyék nyikorgott a vén, rozsdás szerkezet, s ő állva, összeszorított fogakkal erőlködött, hogy magasabbra, meg még magasabbra lendüljön, hogy a lány ott előtte ülve az ütött-kopott csónak oldalába kapaszkodva őt csodálja. És kimondhatatlan büszkeség töltötte el, mikor a hintáslegény rákiáltott, hogy:

– Hé, fiatalember, lassan a testtel... – és ráhúzta a féket.

Nyik-nyék, nyik-nyék, hatvan év... hatvan év!

A szél borzolta gyér, ősz haját, az a simogató meleg nyári szél, mint régen, ahogy lendült mind magasabbra, még magasabbra...

– Hé, vénember lassan a testtel... s öreg Joe elengedte magát.

Azután még hosszan, hosszan, csukott szemmel élvezte a hintás játékot s az emléket, no meg azt az alig sejthető, távoli messzeségben nyekergő rozoga, öreg verkli muzsikát.

*

Második fejezet

amiben, Kowalszki szomszéd visszatér a túlvilágról.

Az öreg, már egy jó félórája ácsorog a nappali ablaka előtt üres kávéscsuporral a kezében. Időnként kikukucskál a lehúzott redőny két újnyi nyílásán, a faliórara néz, és rosszallóan csóválja a fejét. Már hat óra is elmúlt és semmi jele, hogy a szomszéd ébren lenne. Vagy a computerén számolgatja a tőzsdei veszteségét, vagy már megütötte a guta - latolgatja a lehetőségeket, hogy esetleg alszik, az eszébe se jutna. Wilson is nyugdíjas, kora hajnalban ébred, akárcsak ő maga, hamar kialussza a semmittevés fáradalmait. Türelmetlenségének egyszerű oka van, egy rendkívüli hír, a különben unalmas szomszédság életében. El kell mondani valakinek, mert belebetegszik, ha benne reked az izgalmas újság. Dan Wilson jó alany, imádja a zaftos pletykákat.

Hat óra tíz perckor, végre lassan emelkedik a szomszéd garázs ajtaja, Dan kilép a reggeli napsütésbe, körülnéz a csendes utcán, mint minden reggel, először jobbra, aztán balra, még véletlenül sem vétené el a sorrendet. Aztán hogy mindent rendben talált, kiteszi a két kerti széket az árnyékos oldalra és veszi a kávésbögrét a fali polcról, leül a baloldali székre és vár.

Az öreg Joe, feltölti a csuprát friss kávéval, és komótosan átsétál az úton.

- regg.

- Jó regg…

Ilyen gazdaságosan üdvözölik egymást, minek vesztegetni időt meg energiát. Aztán hogy a formalitásokon túljutottak, szinkronban, kortyolnak egyet a kávéból.

- Szép napunk lesz… - így Dan Wilson.

- Itt az ideje.

- Rajtunk a sor…

- Ja!

- Most máshol esik…

- Valahol mindig esik, valahol mindig szép idő van…

- Ez a világ rendje. Hol itt, hol ott.

Ilyen, meg ezekhez hasonló, bölcsességekkel bizonyítják egymásnak szellemi frissességüket.

- Éreztem én napok óta, hogy változni fog az idő… a bal vállam nem hagy aludni.

- Engem a macska piszkált már három óta - panaszolja az öreg - útba' vagyok, az egész ágy kéne neki.

- Kenegettem, de nem használt… végül is négy után felkeltem.

- Azt kenegetheti, kár a pénzért… szentelt vizet próbált már? - Az öreg azt viccnek szánta, de csak ő maga kuncogott rajta.

Ezzel a szokásos egészségügyi diskurzuson is túljutottak.

Joe, húz egy pofára valót a kávéból, leteszi a bögrét a földre maga mellé.

Mert ugye egy hatásos előadáshoz kell mind a két szabad kéz.

Drámai szünet. Majd:

- Willie Kowalszkyt hazahozták!

Wilson hitetlenkedve fordul az öreghez:

- Maga viccel.

- Úgy éljek én.

- Hát nem arról volt szó, hogy bármelyik nap beadja a kulcsot?

- Ja! Kómában két hónapja.

- Biztos maga ebben? Ki mondta?

- Hogy-hogy ki mondta? Maga Kowalszky. Az este, éppen vacsoráztunk, szól a telefon. Na mondom, ezt is elküldöm, ahol fű se nő, akármit árul... De nem. A Willie. Majd leestem a székről, úgy hangzott, mint aki a másvilágról hív. Mondja, hogy itthon van, és semmi sincs a háznál és igen éhes, mennék-e neki vásárolni.

– Hát mi van a prédikátorral? Nem az a legjobb barátja?

- Oh, már régen nem. Tavaly őszön, mikor hazahozta az elvonóból, megeskette, hogy soha többet nem fog inni. Willie nagyon be volt tojva, oszt égre-földre, bibliára esküdözött, hogy látni se akarja többé a piát. Ebbe' megegyeztek. Mikor aztán, még az ünnepek előtt prédikátor Paul rajtakapta, hogy félholtra leitta magát - valószínűleg csukott szemmel - emlékeztette, hogy megesküdött a bibliára! Willie meg mondta, hogy hová tegye a bibliáját s erre Paul kijelentette, hogy többé nem kívánja megváltani se testét, se lelkét és megtagadva jó keresztényi elveit, elküldte Williet a pokolba. Így aztán rám esett a választása, hogy az éhhaláltól megmentsem.

- Na, nem irigylem a dicsőségért.

- Nem ügy, biz'isten, még szórakoztat is. Vacsora után átmentem hozzá a listáért. Ott ült a szerencsétlen a nappaliban a szófán ahová a mentők lerakták. Megdöbbentett, ahogyan kinéz. Negyven kiló, csont és bőr, színe, mint a viasz. Maga már a rozzant Williet ismerte, tizenöt évvel ezelőtt még igen jól tartotta magát. Azt mondták rá, hogy jóképű.

- Persze lista nincs, mert írni se tud, úgy reszket a keze. Mondom neki, hogy örülök, hogy látom, ami kis túlzás volt, mert mi öröm van látni, hogy valaki direkte tönkreteszi magát. Kowalszky, ha hiszi, vagy nem, még csak hetven éves. Korán ment nyugdíjba... privát nyugdíjalapból egy valag pénzt húz minden hónapban. Plusz, minden feleség - három volt - vagyont hagyott hátra.

- Háromszor nősült?

- Ja, És mind a három jól szituált özvegyasszony volt, legalább tíz évvel idősebb nála.

- És gombamérgezésbe haltak meg... - vihogott Dan Wilson. - Tudja Joe... - óvatosan körülnézett s miután meggyőződött, hogy ajtó, ablak csukva van, egy fokkal halkabban folytatta.

- Lehetséges, hogy mi rosszul csináltuk ezt az egész házasosdit? Egy asszony egy egész életre? Ha jól meggondolja, mi mindent mulasztott az ember?

- Háromszor végigszenvedni az új rigolyákat? Elment a maga jódolga? Egyszer is elég volt megtanulni, mikor kell igent, és mikor kell nemet mondani.

- Lehet, hogy igaza van.

- Nekem mindig igazam van, ne felejtse, én vagyok az öregebb.

- Okay, okay.

- Ez a hülye Kowalszky élhetne, mint egy kiskirály, ha nem itta volna el az eszét. Borász volt egy nagy szőlészetben. Mesélte, egy ritka józan pillanatában, hogy a baj ott kezdődött, mikor kóstolgatás közben, ahelyett, hogy kiköpte volna a bort, mint ahogy azt a profi kóstolók csinálják, ő lenyelte. Aztán kóstolgatott, kóstolgatott túlórában. Csak az elmúlt tizenöt évben, mióta én ideköltöztem, négyszer, vagy ötször hoztam haza az elvonóból. Minden alkalommal azzal fenyegette meg az orvos, hogy ha nem hagyja abba, legközelebb egyenesen a boncterembe viteti.

- Willie Kowalszky ígérgetett... aztán mintha mi sem történt volna... iszogatott. Az ijedtség sose tartott tovább, pár hónapnál, először csak úgy dugiban piált, de azt az állapotot nem volt könnyű sokáig titokban tartani, és olyankor elviselhetetlenné vált. Vannak jópofa részegek... - állítólag - én még nem találkoztam velük és vannak agresszív, goromba részegek. Egyszer, még mielőtt maguk ideköltöztek volna, van annak már vagy négy esztendöje, még élt Margaret a harmadik feleség, Willie egy ilyen goromba, meggondolatlan pillanatában kezet emelt az asszonyra. Az aztán úgy elverte, hogy hetekig kék meg zöld volt a képe. Mindenkinek azt mondta, hogy leesett a lépcsőn, de kövér Susie tanúja volt az esetnek és persze egyből elterjedt a híre a szomszédságban.

- Attól kezdve, Willie félt a feleségétől, ha rájött a nagy ivós periódus, napokra eltűnt. Margaret meghalt három éve és Willie bánatában, több ízben az elvonóig itta le magát.

- Maga aztán jól bevásárolt, istápolhatja... - kiitta Wilson a maradék kávéját és kész volt bemenni, hogy újra töltse.

- Hohó, várjon... még nem fejeztem be. - Kowalszky látta a fényt!

- Milyen fényt?

- Hát a nagy világosságot, amit állítólag a páciensek látnak, mikor átlépnek egyik dimenzióból a másik dimenzióba.

- Sose hallottam róla.

- Biztosan nem figyelt oda, ismert tény, mindenki mondja, aki már egyszer a halál küszöbén volt.

- Ne hülyéskedjen... Hárfa zene is van, meg angyali kórus? - kuncogott Dan Wilson.

- Csak gúnyolódjon... majd meglátja. Willie meséli, hogy a kómában mindent hallott, még azt is, hogy az orvosok vitatkoztak, hogy kihúzzák-e a konnektort. Mondja, hogy már nem is bánta volna, mert igen fáradt volt, meg unta a kómát. Egyszer aztán elfogta valami nagy könnyedség és belibegett a nagy fényességbe. Gondolta, na végre itt a megváltás... Joe hatásszünetet tartott, ivott egy kortyot a hideg kávéjából és visszafojtott lélegzettel kibökte.

- És akkor... ott állt az asszony.

- Milyen asszony?

- Hát, Margaret a harmadik feleség. Erre Willie úgy berezelt, hogy egyből magához tért. Vége lett a kómának, rájött a pisilhetnék, mert, hogy a veséje is beindult.

- Maga ezt mind elhiszi?

- Miért ne hinném? Ott ült a bizonyíték a szemem előtt. Doktor Shapíró szerint egy csoda - mondta Willie.

Wilson egy kis kétkedő vigyorral nyugtázta a történetet és felemelkedett a székből, hogy a kávéhiányt pótolja. Az öreg rászólt.

- Maradjon már nyugton, utálom, ha valaki mindig felugrál, míg az ember beszél. Még nem fejeztem be. Most jön a java.

- Okay, ne izgassa magát.

- Miután visszajöttem a boltból és elraktam a cuccot a hűtőbe - folytatta Joe - néztem, ahogy Willie elvánszorgott a mosdóba, olyan négylábú járókája van, készen voltam, hogy megyek. Kiszólt, hogy szeretne egy szívességet kérni. Gondoltam, még azt kivárom, bár igen mehetnékem volt. Bekucorgott a takarója alá és mondja, hogy írnék-e neki egy e-mailt, majd ő diktálja. Mert, hogy remeg a keze, meg nem tud a széken ülni. No, azon ne múljon, gondoltam és kinyitottam a computerét. Volt vagy kétszáz email, ha nem több már attól féltem, hogy majd felolvastatja velem. Mondja, hogy a címlistán keressem meg a nevet, és kezdi diktálni, hogy "Drága Nicolettám"...

Az öreg előhúzott a zsebéből egy összehajtogatott darab papírt.

– Sutyiba' elküldtem a saját címemre is, azt a ziccert nem hagyhattam ki, szerintem ez történelmi jelentőségű.

– Azt tudja, hogy ez levéltitok megsértése – vigyorgott Dan.

– Milyen titok, nekem diktálta. Ne szakítson félbe, hadd olvassam.

*" **Drága Nicolettám!***

Bocsánatot kell, kérjek a hosszú hallgatásért, de egy tragikusan komoly szívinfarktus megakadályozott, hogy időben válaszoljak kedves levelére. Csak pár napja hoztak haza, a Mayo klinikán, a világhírű Brennan professzor operált, hármas bypass műtétre volt szükség. Szerencsére túl vagyok rajta, de időbe kerül, míg visszanyerem teljes erőmet és jó kedélyemet. Néhány nap múlva, ha az orvosaim is beleegyeznek, repülök a bahamai otthonomba, hogy kellemesebb körülmények között pihenjem ki a megpróbáltatásaimat. Időben jelentkezem, hogy az oly hiányolt levelezésünket folytassam.

Addig is, szeretettel üdvözli hűséges hódolója: William"

- Ezt maga találta ki... ilyen nincs - tiltakozott Wilson.

- Úgy éljek... - esküdözött az öreg. - De várjon csak, ez még nem minden. Miután rákattintottam, hogy elmenjen a levél, Willie megállított, hogy ne zárjam le a computert. Mondja, hogy a listán van még másik öt név és cím, hogy ha kicserélném a nevet és elküldeném ugyanazt a szöveget azokra a címekre is. Így ment aztán a legendás *William tragikus szív infarktusának a híre,* a Drága Ágnesem, a Drága Johannám, Drága Sylviám, meg nem is emlékszem még milyen más "Drágáimnak".

Dan Wilson, hitetlenkedve csóválta a fejét és végre felállt, hogy friss kávéval enyhítse látható bosszúságát. Még visszaszólt az ajtóból.

- És ezek után, még *maga* akar engem tanítani, hogy hogyan kell öregnek lenni?

*

Harmadik fejezet

amiben a két öreg, ha nincs, hát csinál csodálni való új szomszédasszonyt.

Az öreg ült az árnyékban Wilson garázsa előtt. Na, nem éppen ült, Joe kedvenc nyugalmi állapota valahol a vízszintesen fekvő és a félig vertikális között volt. Hosszan kinyújtott lábai bokában keresztezve, feneke a szék szélén, éppen csak kellő mértékben alátámasztva, kezeit a hasán tartja összekulcsolva, álla a mellkasán nyugszik és éber szemeit a szemüveg kerete fölött a szomszédján, Dan Wilsonon tartja.

Dan térdelve, alkalmanként négykézláb araszolva a kocsija kerekeit fényezi, már több mint másfél órája.

– Miért nem hagyja már abba! Olyan fényes az, hogy a nap is seggre esik rajta.

Wilson csak fényez, fényez… időnként rálehel a krómozott kerékre, majd türelmetlenül rászól az öregre.

– Mondja Joe… nincs magának valami fontos tennivalója otthon?

– Nincs.

– Találjon valami hobbit magának.

– Van nekem hobbim… magát piszkálni. Kell ennél jobb szórakozás?

Wilson nem válaszol abban reménykedve, hogy az öreg abbahagyja, de nincs szerencséje. Kis szünet után folytatja.

- Dominic mesélte a múltkor - hogy látta magát homlokon csókolni a kocsiját mielőtt este lecsukta garázsajtaját.

- Mondja csak, mondja... bolond lukból bolond szél fúj.

- Le merném fogadni, hogy titokban még nevet is adott már neki. Mary-Luisa Ford, vagy Peneloppe... nem, nem! Joliette!

- Maga csak irigy az új kocsimra. Vallja be. Irigy.

- Irigy a jófene: Egy rakás vas meg plasztik harmincezerért. Pont oda visz, mint az én hétéves tragacsom és nem kell babusgatni.

- Néha azért azt sem ártana megmosni.

- Ne kritizáljon, az persze eszébe se jutna, hogy felajánlaná... *Drága szomszéd, öreg barátom, hozza át a kocsiját, majd én megmosom...*

- Maga nem normális...

- Sose állítottam!

Ebben aztán megegyeztek. Dan nagy nehezen feltápászkodott, összeszedte a szépítőszerit, gondosan elrakta a garázs polcain, mi hova való, mert neki rendszere volt. Egy munkás élet megszokott rutinját nehéz feladni, meg aztán nem is kell.

- Joe! Akar egy italt? - a sarokban a munkapad mellet egy öreg hűtőszekrény állt, a ház ura szomjúságát volt hivatott kiszolgálni.

– Egy pohár jeges tea, citrommal, jól jönne.

– Mit képzel mi ez? Starbucks? Jeges tea nincs, Coke vagy víz!

– Pepsi ha volna…

– Coke!

– Micsoda háztartás… okay, legyen Coke.

Dan Wilson kivesz két kanna Coca-Colát a hűtőből, az egyiket az üreg kezébe nyomja, majd leül a kerti-székre, de előbb beljebb húzza a garázsba, az árnyékba. Joe látható ellenszenvvel nézegeti, forgatja a gyöngyöző italt a kezében.

– Legalább üveges italt tarthatna. Utálom a dobozost. Az ember szopja a bádogot, mint egy koszos malac az annya csöcsét…

– Mert maga látott valaha is az életében szopós malacot… ellenben én, én farmon nőtem fel – nagyot húz az italból, elmélázva folytatja – lehettem úgy nyolc esztendős, mikor…

– Dan!

– Mi? Mit?

– Már hallottuk.

– Mit hallott? Azt se tudja mit akartam mondani.

– Mindegy. Már hallottam minden, "*lehettem úgy nyolc esztendős*" sztorit. Nem akarom magát sértegetni, de magának nincs sok fantáziája. Minden sztorija azzal végződik, hogy télvíz idején, esőbe' hóba' öt kilométert gyalogolt az iskolába. Hegynek föl. Oda-vissza.

– Le van csak maga…

- Inkább azt mondja, mit mondott az időjárás? Én nem néztem a tévét.

- Meleg lesz. Huszonnyolc fok.

- Eső?

- Nada. Zilch. Semmi.

- Még csak június közepe és már a gatyám ráment a locsolásra.

- Mért kell magának a sok virágágyás? Nézze, nekem csak a gyepre kell, azt akár ki is hagyhatom. Mit röhög?

- Kétszer annyit pocsékol a kocsi mosására. És még csak jó szaga sincs, mint az én petúniáimnak.

Sakk- Matt.

Ebben maradtak. Kortyolgatták a hűsítő nedűt és nagy érdeklődéssel figyelték, ahogy egy vörösbegy egy kövér kukacot próbált kihúzni a földből.

- Maga kinek drukkol?

- A madárnak.

- Gondolhattam volna, le merném fogadni, hogy a maga madara.

- Igen ismerős a formája…

- A kukac viszont az én portámon van. Hess, az anyád… - Wilson ugrott, hogy elkergesse a madarat - menj haza.

- Maga nem normális.

- Akkor kvittek vagyunk.

A vörösbegy elrepült, csőrében lógott a félaraszos kukac.

Az utca csendes, aki munkából él, már elment, a sarkon még nem ácsorognak a diákok a buszra várva, olyan közbeeső állapot… semmi érdekes látnivaló a szomszédságban. Joe kihörpintette a maradék italt, még úgy futtában megjegyezte…

– Akár mit mond, a Pepsi jobb.

Már-már ott tartott, hogy hazamegy, mikor egy fehér kocsi állt meg a harmadik ház előtt és egy nyurga fiatalember ugrott ki belőle.

Valami történik. Mind a két öreg előredőlt ültőhelyben, hogy tanúskodjanak.

Az idegen felnyitotta a csomagtartót. Egy nagy színes táblát szedett elő és leszúrta a Patel ház előtt a gyepes előkertbe.

Century 21.
Ingatlan Ügynökség.
EZ A HÁZ ELADÓ

Dan felsóhajtott

– Na, úgy látszik, Vespa Patel mégis csak eladja a házat.

– Minek is tartaná, egyedül élni abban a nagy házban.

– Szinte hihetetlen, Ray már három hónapja hogy meghalt. Hogy szalad az idő.

– Ja, A ház eladó! Ez aztán valahogy végleges és visszavonhatatlan… Ray Patel elköltözött.

– Most aztán leshetjük, izgulhatunk, hogy ki veszi meg, miféle népek jönnek.

– Ha én polgármester lennék, törvénybe hoznám, hogy jó szomszédok el ne költözködhessenek. Csak a rosszak.

- Azoknak meg kötelezővé tenném.

- Ja, motorbiciklisek, meg zajos tinédzserek...

- Persze, feltételezhetően valami gyerekes házaspár fogja megvenni.

- Én nem bánom a gyerekeket, lehet... mondjuk kettő vagy három, olyan hat-nyolc évesek.

- Kettő, ha a szülők olyan korai negyvenesek. Csinos szépasszony.

- Feltétlenül szép asszony.

Miután a lényegben megegyeztek... ki-ki a saját gondolataiba merült. Kis idő után Dan Wilson törte meg a csendet.

- Linda Buttler... Liiindaa Buttleeer - szinte áhítattal lehelte.

- Ki a Linda Buttler?

- Ki? Hát az új szomszédasszony.

- Szó se lehet róla - tiltakozott Joe - én utalom azt a nevet. Egyszer volt egy Linda, laposat kaptam tőle.

- Honnan a fenébe tudjam én azt.

- Valami romantikusabbra gondoltam... mondjuk, legyen... Maggie. Ja! Maggie O'Brien.

- Ír! Az tetszik, temperamentumos ír Lass... enyhén vöröses, gesztenyebarna, vállig érő haja van. Hat láb magas...

- Szó se lehet róla. Egy nő legyen mindig alacsonyabb, mint a férfi. Én vagyok öt-tizenegy.

- Maga öt-kilenc, a múltkor mondta, hogy zsugorodik.

– Okay, okay… Maggie öt-nyolc, az is magasnak számít egy nőnél.

– …jó nagy didkók…

– Wilson! – tiltakozott az öreg türelmetlenül – Jobb, ha rám hagyja a részleteket. Még hogy nagy mellek. Ebből is látszik, hogy milyen keveset ért a nőkhöz. Nem tanult maga fizikát? Sose hallott a gravitációról? Negyvenes nő, két gyerekkel? Nagy mellek? Barátom, azok már lógnak, nem tudnak ellenállni a föld vonzó erejének. Maggie O'Brien nyurga, izmos, jó alakú nő, maroknyi mellekkel. Atléta típus. Diák korában 1.30-at úszott, mellbe, százon. Még máig is heti háromszor öt kilométert fut, teniszezik és vegetáriánus.

– Szegény asszony, maga aztán jól elintézi… még hogy vegetáriánus.

– Okay, okay… ne legyen vegetáriánus. Tudom, mennyire szeret maga felvágni a híres chili burgerjével. Szóval, van két gyerek, Pete a fiú nyolc, Chelsey a kislány hat. A férj Michael mérnök, egy hídépítkezésen dolgozik az USA-ban…

– Az jó, nagyon jó. Egy héten egyszer jön haza.

– Frászkarikát, túl messzi van. Egy hónapban egyszer. Három napra.

– Az még jobb. Szegény asszony – kuncog Wilson.

– Sose sajnálja, már megszokta. És elvégre jó szomszédjai vannak.

Erre aztán jót nevetve kezet fogtak. A jó szomszédok. Wilson előszedett még két Coke-ot, aztán szótlanul ültek és szopogatták a bádogot, a gondosan elképzelt tökéletes szomszédasszonyt látták, ki-ki a maga igényeinek megfelelően. Ha valami csoda folytán megjelennének a valóságban, feltételezhetően nem is hasonlítanának egymásra. De nem is az a fontos, neve van a káprázatnak:

Maggie O'Brien.

- Joeee! Telefon!

- Hallja, telefon! A miniszterelnök hívja!

- A fenéket, nem hív engem senki. Máli, csak tapintatos, nem akarja, hogy azt higgye…

- …hogy papucs.

- Papucs a maga tojás feje. Nincs abba semmi kivetnivaló, ha az ember hiányzik valakinek. Pláne, ha az a valaki igényt tart a társaságára már ötvenhét éve…

Azzal, az öreg átkocogott az úton, mert ugye a telefon nem vár.

*

Drummond Village igen kívánatos szomszédság, ingatlan nem marad sokáig eladatlanul, még a nehéz gazdasági állapotok mellett sem. Jöttek is az érdeklődők szinte naponként, főleg estefelé. Valahányszor idegen kocsi állt meg a Patel portánál, a két öreg kíváncsiskodva kisomfordált a ház elé, lesték a potenciális vevőket… főleg az asszonyokat.

Még csak közel sem jöttek Maggie O'Brienhez. Vagy túl öreg, vagy kövér. Vagy szőke és túl hangos, vagy csúnya és két tinédzser ténfereg a járdaszélén, undorral szemlélve a nagy gyepes előkertet. Munka.

Már három hét is eltelt és még mindig nincs vevő. Úgy is jó, egyezett meg a két szomszéd, csak nem kell elsietni... valahol az ő Maggiejük pont ilyen házról ábrándozik.

Csak ki kell várni.

Egy reggel Dan Wilson a kocsiját mosta, Joe a szokásos pózban elnyújtózva szemlélte. Alig várta, hogy befejezze, fontos mondanivalója volt. Az este jött az ötlet, azóta is formálta, újra fogalmazta, próbálgatta a monológot.

Végre Wilson feltekerte a locsolócsövet és két itallal a kezében ledobta magát a székre. Az egyik Coke-t az öreg ölébe ejtette.

- Na, hogy aludt? Azt hiszem eső jön, egész éjjel sajgott a bal lábam... jobb előjelző mint a időjárás csatorna.

- Nem panaszkodom, úgy aludtam, mint a bunda... Különösen a tegnapi élmény után.

- Milyen élmény? Sikerült végre egyszer megborotválkoznia anélkül, hogy elvágta volna a nyakát?

- Mondja csak, mondja... - intette le az öreg - tegnap délután elmentem a Shopping Mall- ba csak úgy körülnézni, kicsit kikapcsolódni. Vettem egy pólóinget. Fél áron volt. Ahogy ott ténfergek, nézelődök, képzelje, ki jön velem szemben?

- A dalai Láma?

- Maggie O'Brien!

- Maggie? A mi Maggink.

- Az ám. Életnagyságban.

- Maga viccel.

- Úgy éljek. Oszt, aszongya... Üdvözlöm kedves Mister Balog... erre én megemelem a kalapom és mondom...

- Maga sose hord kalapot.

- Megemelem a kalapom és mondom, kedves szomszédasszony, mellőzzük a formaságot és csak hívjon Joe-nak... erre ő mosolyog ...és belém karolt...

- Magába? Karolt? Csak úgy?

- Mit csodálkozik? De, hogy folytassam... mondom, szólíthatom Maggienek? Erre Ő: hát természetesen az a nevem... erre, jót nevettünk...

- Egész oda vagyok a...

- Ne szakítson félbe... Tudja mit? - mondja Meggie... - az a hír járja,hogy magának nagyon jó ízlése van... női dolgokban és szeretném megkérni, hogy segítsen nekem... fürdőruhát akarok venni és egy hozzáértő, kritikus szempár igen jóljönne.

- Mekkora rakás guanó... még hogy jó ízlése van női dolgokban? Ne nevettessen...

- Wilson! Egyszer az életében hagyná végig mondani az embert, anélkül, hogy félbeszakítaná. Utálatos szokás.

- Ne oktasson, inkább meséljen! Meghalok a kíváncsiságtól - még kuncogott is hozzá.

- Szóval, bementünk a Bay-be, Maggie egyenesen a női osztályra vezetett. Jó néhány sor állványon lógtak a fürdőruhák. Kiválasztottunk vagy egy tucatot és elkezdődött a divatbemutató. Ültem az próbafülkék előtt és Maggie jött újabb és újabb fantasztikus kreációkkal, sétált, mint egy igazi manöken, le s fel, forgolódott előttem… én meg csak tátott szájjal bámultam, alig jött ki hang a torkomon, de illő volt véleményt mondani, elvégre azért cipelt oda magával. Volt ott kérem minden fajta, egybe, kétrészes, meg főleg bikinik, akkorák, mint egy diszzsebkendő, alig-alig takart valamit. Mondanom se kell, hogy egy kissé zavarba is voltam… izgultam, hogy ne kelljen felállnom… sejti ugye, hogy miért?

- Remegett a térde…

- Ja, arról nem is beszélve… ne vigyorogjon, mert mindjárt itt hagyom. Szóval kiválasztottam egy piros egybe-fürdőruhát és egy mályvaszínű icike-picike bikinit.

- Tudom!

- Mit tud?

- Az icike-picike mályvaszínű bikinit Maggie nem is vette meg.

- Miről beszél?

- Nem vette meg, mert ízléstelen, szinte sértő egy kétgyermekes anyára.

- Ezt a marhaságot ki mondta magának?

- Maggie O'Brien! Ő maga! Személyesen. Nekem!

- Magának? Maggie személyesen? És mondja csak, mikor történt ez a csoda.

- Tegnap estefelé, ahogy elkarikáztam a házuk előtt, biciklizésből jöttem haza...

- Magának nincs is biciklije...

- Ha magának van **kalapja,** akkor nekem van **biciklim**. Háromszázért vettem, grafit vázas terepjáró. Minden nap öt kilométert biciklizek.

- Nem mondom, igen csak ráférne magára, már akkora a hasa, mint egy hathónapos terhes anyának.

- Ne szakítson félbe, utálatos szokás. Szóval, a házuk előtt nyomom a pedált s látom, hogy Maggie ott ül a verandán egy idősebb asszonnyal. Odaköszönök, még le is álltam, gondoltam ilyen alkalmat nem szabad elmulasztani, mondom, szép esténk van... erre ő mondja, hogy igen kellemes, és hogy megkínálna egy üveg sörrel... erre én letámasztottam a bringát...

- Háromszázért...

- Letámasztottam és mondom, köszönöm, az igen jól jönne...

- Maga nem iszik sört, utálja...

- Egy szépasszony társaságában, hajlandó vagyok kompromisszumra... felléptem a verandára, Maggie bemutatott az idősebb nőnek... az anyósom, mondja: Claire O'Brien... jól prezervált hatvanas, csinos, rögtön magára gondoltam, hogy alkalom adtán be kellene mutatni, korban pont magához illő lenne...

– Maga nekem ne ajánlgasson öreg asszonyokat…

Joe kezében összeroppant a Coke-os doboz, kifröccsent belőle a barna lé.

– Szóval, iszogattunk, iszogattunk és Meggie mesélte a fürdőruhás kalandját, hogy az ici-pici bikini nem egy gyerekes anyának való, meg még azt is, hogy maga megtapogatta a fenekét…

– Na, ebből nekem elegem van… – ugrott fel az öreg és a garázs sarkába vágta a maradék Coke-ot – nem vagyok kíváncsi a hülye meséjére – és elvágtatott.

Dan Wilson kicsit megszeppenve mentegetőzött.

– Joe! Ne bolondozzon, csak vicc az egész… na, jöjjön vissza, a szentségit, ne sértődjön meg… van jeges tea, Emma csinált, citrommal…

– Igya meg maga! – vágott vissza az öreg s magában motyogva még hozzá tette:

– Akadjon meg a torkán!!! – de ami biztos, az biztos azt már magyarul mondta.

*

Negyedik fejezet

amiben sokba kerül az olcsó barack.

- Hé... Wilson! - kiáltott az öreg a szomszédjára, aki szokásához híven a kocsiját babusgatta - megyek barackot venni, nem jön?

- Milyen barackot? Hová?

- Őszibarackot, most van a szezonja a farmokon - az út közepén találkoztak - hagyja a fenébe azt a kocsit, jót fog tenni magának is egy kis kirándulás...

- Aszondja barackot?

- Ja... egyenesen a gyümölcsösből, ahogy a fáról leszedik. Olcsó. Amiért a szupermarketban négy-öt dollárt fizet, háromszor annyit ad az olasz farmer két-három dollárért. Igaz, nincs szortírozva, akad közte ütődött, meg éretlen, de azért a pénzért megéri.

- Maga vett már?

- Minden nyáron!

- És tudja, hová kell menni?

- Azt bízza rám, én már bejártam a környéket... úgy ismerem, mint a tenyeremet.

- Várjon, szólok Emmának. Hozom a pénztárcámat.

- Hozzon zacskókat is... azt nem adnak.

Niagara Falls nem egy nagy város, bármelyik irányba, tíz perc se kell elérni a szélit. Dan Wilson kissé aggódva kapaszkodott az ajtókilincsbe, kényelmetlenül érezte magát, mint minden kocsivezető, ha más hajt.

– Hová, merre megyünk… - kérdezte az öreget.

– Jordan Station… ott a legjobb a barack.

– Szerintem Jordán nyugatra van… Maga Szent David felé megy…

– Az se rossz… csupa gyümölcsös…

– Most Jordan, vagy St. David…

– Nem mindegy? Ne izguljon, élvezze a gondtalan utazás örömeit…

Joe bekapcsolta a rádiót, valami klasszikus hegedűszóló cincogása hangzott fel, az öreg vele dúdolt, a kormánykeréken verte hozzá a ritmust…

– Hej, hé… - tiltakozott Wilson – nem tud valami tisztességes zenét találni?

– Az én kocsim. Az én muzsikám. Nem fog megártani magának egy kis kultúra…

– …és ne csalinkázzon össze-vissza az úton. Nem tud egyenesen hajtani…

– Mi baja van magának az én vezetésemmel?

– Mondja, van magának hajtásija?

– Hát egyelőre még van.

– Mi az, hogy egyelőre?

– A hónap végén lejár… Nyolcvan év, újra kell vizsgázni.

– Akkor miért nem vizsgázik, bár ahogy maga hajt, kételyeim vannak…

- Nincs nekem a vezetéssel semmi bajom, több mint ötven éve hajtok Kanadában, még egy balesetem se volt...

- Na, akkor már esedékes, csak ne most... az isten szerelmére, én még élni akarok.

- Ne drámázzon itt nekem - nevetett az öreg - nem a vezetés... egy kis probléma a fizikaival... esetleg a szemvizsgálat.

- Mi baja a látásával?

- Diplopia.

- Az mi a fene?

- Diplopia, mikor az ember duplán lát.

- Te úr isten, maga duplán lát?

- Néha...

- Most is?

- Most nem, csak ha felidegesítenek...

- És én barom, önként beültem a kocsijába... Forduljon vissza, elment a kedvem az olcsó baracktól...

- Nyugi, nyugi... még ha elő is fordul, nem nagy ügy, az ember becsukja az egyik szemét és nincs dupla. Az nem annyira aggaszt, mint a cukor...

- Mi? Cukorbajos?

- Áh! Ellenkezőleg. Leesik a vércukor...

- És az mivel jár?

- Elönti az embert a forróság, remegnek a térdei, látási zavarok, esetleg ájulás... ritka, súlyosabb esetben kóma.

- Álljon meg, ki akarok szállni...

– Ne hülyéskedjen… nem egy ügy és könnyű elejét venni. Ha érzem, hogy jön, elszopogatok egy két szem cukorkát és egy percen belül helyre áll a cukorszint. Mindig tartok a kesztyűtartóban…

Wilson kinyitja az említett skatulyát, kotorászik a sok lim-lom között, majd ijedten jelenti.

– Itt nincs semmi féle cukor.

– Oh, ja… A kis Judy megette.

– Judy? Kwanék több mint egy éve elköltöztek a szomszédból… azóta Judy nem ült a maga kocsijában…

– Na, emlékszem. Elfelejtettem venni. No, majd legközelebb.

– Megáll az ember esze. Duplán lát, cukorbajos… már félek kérdezni is, vajon mi van még…

– Esetleg az Angina Pectoris…

– Az ki? Valami titkos olasz szerető?

– Ne röhögtessen, mert majd a végén tényleg az árokban kötünk ki… angina pectoris, az egy állapot… leszűkülnek az erek.

– …és?

– Jön az infarktus.

– …és magának van ez a angija? És bármelyik pillanatban jöhet a szívroham?

– Na, nem kell betojni, nem olyan veszélyes… az ember előre érzi, hogy ha baj van.

– és maga ezt már érezte?

- Ja... nem is egyszer, de van ez a spricc - előszedte a zsebéből a fiolát - mikor érzem, hogy fáj a mellem, vagy a bal karom, bespriccelek a nyelvem alá és várok öt percet...

- És akkor mi van?

- Vagy elmúlik, vagy nem.

- Mi van, ha nem?

- Akkor újra spriccelek, és ha harmadszorra se múlik el... akkor jön az infarktus.

- Tökéletesen meg vagyok nyugodva, ezek szerint van tizenöt perce, mielőtt feldobja a talpát... jobb lesz, ha kéznél tatja azt az izét...

- Nitroglicerin...

- Nitró ... mi ? - kiált Dan kétségbeesetten - Az nem robban?

- Ha csak meg nem rázódik... - s azzal megrázta a fiolát Wilson orra előtt.

- Joe! Ne hülyéskedjen! Vigye innen az a vacakot! Álljon meg a menet... Mondjuk, ha tele spricceli a száját vele... és ha én behúzok egyet... felrobban a feje?

- Maga olyat nem tenne a legjobb barátjával.

- Honnan veszi maga azt a *legjobb* barát ideát...

- Ne is tagadja, tudom én a sorrendet... Emma, aztán az öreg Joe... Bocs tévedtem... Az új kocsi, Emma és...

- Még a macskám is megelőzi, nem akarom elkeseríteni, de maga mélyen a lista alján van...

- Hiszi a pici... tudom én, amit tudok.

Ebbe maradtak. Az öreg dudorászott, Wilson aggódva pislantott néha az rá, de főleg görcsösen kapaszkodott az ajtókilincsbe és számolta a dűlőutakat, ahogy kacskaringóztak egyikről a másikra. Két oldalt az út mellett katonás sorokban sokasodtak a szőlőtáblák, a híres Niagara borvidék büszkeségei, csak éppen gyümölcsös nem volt sehol. Már egy óra is eltelt, mióta elhagyták a várost, csak néha-néha találkoztak egy-egy kocsival, főleg farmerekkel, mert Joe szerint el kell kerülni a turisták járta utakat, ott olcsón venni úgy sem lehet, nyúzzák a farmerek az idegeneket. Ő tudja, merre kell menni, nem először jár erre, ismeri a vidéket, mint a tenyerét s egy éles kanyarral befordult egy mellékútra.

– Hohó…! Hova megy! Nem látta a táblát?

– Milyen táblát?

– A táblát, Privát. Behajtani tilos.

– Hát mért nem mondta.

– Maga vezet, figyeljen oda. Forduljon meg.

– Túl keskeny az út…

– Nem egy probléma, majd én mondom, meddig mehet, nehogy az árokban kössünk ki.

Wilson kiszállt a kocsiból és vezényelt az öregnek, aki panaszok és káromkodások kíséretében, ide-oda tologatva, lépésenként, nagy nehezen visszafordult. Dan alig csukta be az ajtót maga után Joe rátaposott a gázra és nagy porfelhőt verve maga után, a kocsi nekilendült és éles kanyart véve ráfordult az útra.

- Lassan, lassan... - lamentált Wilson - hova siet, tudja egyáltalán, hogy hol vagyunk?

- Bízza rám...

- A bizalmon már túl vagyunk. Le merném fogadni, hogy el van veszve. Azt se tudja, merre járunk.

- Ne izgassa magát. Itt nem lehet elveszni. Keletre a Niagara folyó, északra a Welland csatorna, délre az Erie tó...

- És közte kétezer négyzetkilométer farmland... és sehol egy árva gyümölcsös ...

- Wilson, maga kezd az idegeimre menni és az tudja, mivel jár...

Dan villogó szemekkel nézett az öregre és megújult érdeklődéssel kotorászott a kesztyűtartó lim-lomjai között. Reménytelenül.

- Ez mi? - figyelt fel Wilson, a kocsi fura zajokat adott.

- Rossz az út, kicsit rázós...

- A'fenéket, defektje van. Álljon meg. Lassan, lassan, ne túl közel az árokhoz.

Az öreg lefékezett, kiszálltak, körül járva a kocsit, Wilson megállt a bal hátsó kerék előtt és lemondással konstatálta.

- Lapos.

- Ja, ez lapos... hagyta rá az öreg. Végre valamiben megegyeztek.

- Remélem, pótkereke van.

- Gondolom.

- Mi az, hogy gondolja?

- Még sose volt rá szükségem, azért mondom.

- Azt rendszeresen ellenőrizni kell, hogy fel van-e rendesen felfújva. Mit csinál, ha defektje van?

- Hívom az autó klubbot.

- Hát akkor hívja az autó klubbot. Van mobilja remélem.

- Az van, csak a probléma, hogy nekem economi biztosításom van. Tizenöt kilométer rádius.

- Na és? Majd fizeti az extrát.

- Felezünk.

- Felezi ám, majd megmondom, mit felez. A maga vacak tragacsa...

- Héj, ne inzultálja a kocsimat... Különben is maga is barackért jött velem.

- Milyen barack? Még egy nyomorult eperfát se láttam, nem hogy őszibarackot... Hívja a klubbot!

- Hívja maga, én túl zaklatott vagyok... - nyújtotta a telefont az öreg, és elröhögte magát.

- Mi? Mit röhög, nincs jobb dolga...

- Hívja csak - vihogott - hallani akarom, hogy mit mond, hogy hova jöjjenek.

Wilson összecsapta a mobilt, majd pár pillanatnyi tehetetlen téblábolás után, ahogy körülnézett a végtelenbe nyúló szőlőtáblák fölött, elnevette magát.

- Na, jól nézünk mi ki, két szerencsétlen balfácán. No, de ne ácsorogjon, mint aki nem tudja, mit kell csinálni, nyissa a csomagtartót...

- Okay, okay... ne parancsolgasson nekem... - de kiszedte a kulcsot a kocsiból és felnyitotta a csomagtartót. Wilson elképedve vakarta a fejét.

- Jesszus Mária, mi ez a sok cucc? - mutatott a fél tucat dobozra, ami be volt zsúfolva a csomagtartóba.

- Oppssz... - kapott a fejéhez az öreg - lássa erről teljesen megfeledkeztem. Máli szedte össze, hogy vigyem el a jótékonyságiakhoz...

- És maga elfelejtette. Mióta hurcolja ezt a sok kacatot...

- Hát, úgy karácsony táján jött rá a jótékonyság...

- Naiszen... maga is megéri a pénzit - Wilson kíváncsian nyitogatta a dobozokat - Joe! Tudja maga, hogy ezér' legalább két-háromszáz dolcsit is lehetne kapni a bolhapiacon.

- Maga viccel.

- Úgy éljek... két-háromszáz elszámolatlan, adómentes dollár.

- Mi van, ha Máli megtudja?

- Miért tudná meg... bérel egy asztalt a piacon, kirakja a portékát és bezsebeli a dohányt.

Joe mélyen gondolatokba merülve vakargatta a fejét.

- Tudja, hogy nem olyan egyszerű a dolog, én nem tudok elmaradni otthonról egy egész napra...

- Papucs...

- Papucs a maga tök feje...

– Papucs, még az úton se jöhet át anélkül, hogy az asszonytól engedélyt ne kérne…

– Tudja mit? Adja el maga… maga a kapitalista és felezünk.

– Na, erről még beszélünk… – és elkezdték kirakni a dobozokat az árok partjára. Végül is a csomagtartó fenekén a szőnyeg alatt feltűnt a pótkerék, csodák- csodájára még kemény is volt. Joe kiszedte a szerszámokat és nyújtotta a szomszédnak.

– Na, itt van. Lásson hozzá.

– Én? A maga kocsija.

– Wilson! Lenne magának szíve egy nyolcvanéves öregembert életveszélynek kitenni… ebben a hőségben? Ilyen megerőltető fizikai munka kiszámíthatatlan következményekkel járhat…

– Na, hagyjuk ezt a marhaságot, nincs magának semmi baja…

– Az angina pectoris… én azt hiszem jobb, ha ledűlök, mielőtt még lemegy a cukrom… – előszedte a zsebéből a nitrós fiolát és spriccelt egyet a nyelve alá. A hátsó ülésről elővarázsolt egy tarka plédet aztán rá se nézve elképedt barátjára, lefeküdt az árkon túl egy áfonyabokor árnyékába. Wilson szóhoz se tudott jutni, mit is mondott volna? Egy kicsit talán még aggódott is az öregért, még az átlátszó szélhámossága ellenére is. Nekilátott, hogy lecserélje a kereket, nem volt egyszerű, minden erejét be kellett vetni, hogy a csökönyös, berozsdásodott anyákat fellazítsa. Belekerült egy jó félórába mire készen lett, bele is izzadt istenigazába'... lehetett talán harminc fok is. Visszarakta a dobozokat a csomagtartóba, még egy gyors számvetést is csinált... úgy saccolta, hogy egy jó napon ki lehet hozni belőle, minimum háromszázat.

- Joe! - kiáltott - készen vagyok, mehetünk. Nem jött válasz, az öreg mozdulatlanul feküdt az árnyékban.

- Na, az kell nekem, hogy a végén még majd bekrepál... Joe! - emelte meg a hangját, erre az öreg megmozdult, nyújtózkodott, majd nagy körülményesen feltápászkodott...

- Hallom, hallom. Nem kell kiabálni... még majd valaki meghallja, hogy gorombáskodik a szegény emberrel... - gondosan összehajtogatta a plédet, biztos, ami biztos megrugdosta a pótkereket, jóváhagyóan bólintott a barátjára és elfoglalta a helyét a kormány mögött.

- Jót szundiztam, még álmodtam is.

- Azt se tudom hova legyek az örömtől - Wilson törölgette az izzadt homlokát - soha így nem élveztem más kocsiján kereket cserélni, nagyon hálás vagyok a lehetőségért.

- Hagyjuk a gúnyolódást... nem áll jó magának. Mondom, hogy még álmodtam is?

- Na, ne mondja.

- Azt álmodtam, hogy Maggie O'Brian nyerte a kanadai szépségversenyt és ágyba hozta nekem a reggelit... tükörtojás, sonkával és az énekelte, hogy "*te vagy az álmom, te vagy a napfény...*"

harsogta Joe fennhangon az ötvenéves Sinatra slágert.

- Álmodjon csak... Maggie úgy sem áll szóba magával az icipici mályvaszínű bikini ügy óta...

- Dan! A maga fantáziája kezd az idegeimre menni...

- Csak figyeljen az útra... tudja egyáltalán, hogy hova megyünk?

- Délre. Az a biztos, előbb utóbb a városhoz kell érjünk...

- Mi lesz a barackvásárlással?

- Lassan sötétedik, én azt hiszem, jobb, ha elhalasztjuk... talán a jövő szombaton.

- Hát rám ne számítson, nekem ebből egyszer is elég volt...

A civakodás átmenetileg szünetelt, Wilson kifogyott a panaszokból, már átadta magát a sorsnak és megnyugodva konstatálta a város felvillanó fényeit. Szürkület köszöntött a tájra s mire az első házakhoz értek az utcai lámpák már teljes fénnyel köszöntötték a megtért vándorokat.

- Joe!

- Mi van?

- Mit mondok Emmának, hol a barack...

- Majd csak kitalál valamit...

- Maga mit mond az asszonynak...

- Nálam más a helyzet... mikor bemegyek, azt mondja Máli, "*na, hol a barack?*" - mondom én - "*milyen barack?*" - mire ő azt mondja - " *na, te vén hülye, elfelejtetted, hogy hova mentél?*" - mire én - "

mér felejtettem volna el, Wilsonnal mentünk kocsikázni." Az ügy be van fejezve.

- Jó, magának...

- A szenilitásnak is megvannak a maga előnyei... Tudja mit? Megállunk a szupermarketnál és veszünk barackot...

- Jó ötlet...

Úgy is lett, Joe leparkolt a Zehrs előtt és vettek egy-egy, két és fél kilós kosár őszibarackot és már megnyugodva a jó munka végeztével, indultak hazafelé. Már csak néhány tömbnyire voltak a Drammond street-től, mikor Joe hirtelen lefékezett, csak a szoros biztonsági öv mentette meg Wilsont, hogy be nem verte az orrát a szélvédőbe.

- Mit csinál? A szentségit... a frász kitöri az embert...

- Jöjjön, mutatok valamit - s kiszállt az öreg a kocsiból. Felnyitotta a csomagtartót és kiemelte az egyik kosár barackot. Mutatja Wilsonnak.

- Na és... mi a baja vele?

- Hát nem látja maga lüke? A cetlik. USA terméke.

- Jesszus Mária... mi osztán jól lebuktunk volna!

És a két öreg nekilátott és egyenként kiszedték a kosárból a barackokat, lehámozták az árulkodó címkéket és átrakták a zacskókba. Az öreg Joe még megjegyezte:

- De meg kell adni, szép barack.

- Na, hallja, öt dollárért még szép se legyen?

Erre aztán elnevették magukat… szinte dőltek a röhögéstől, az arra járók el sem tudták képzelni, mi lehet olyan mulatságos egy autó csomagtartójában.

*

Ötödik fejezet

amiben, régmúlt időkre emlékezik az öreg.

A két szomszéd ült a garázs előtt, az árnyékban, mint minden nyári reggel, hacsak nem esett, vagy más szokatlan esemény közbe nem jött. Megtárgyalták a világ ügyes-bajos dolgait, vitatkoztak, ellentmondtak egymásnak, literszámra itták a kávét és úgy általában élvezték a semmittevés fáradalmait.

De nem ma. Dan Wilson nem kis aggodalommal nézte az öreget - csak úgy oldalvást, hogy ne legyen feltűnő - aki már jó félórája egy szót sem szólt, már kiürült a kávés bögréje is csak lógott a kezében. Közönyösen bámult maga elé. Az, hogy semmi sem történik az utcában, nem rendhagyó, szombat lévén mindenki lustálkodott, ismét egy agyrepesztő meleg nap ígérkezett, még a szokásos korai fűnyírók is inkább a hűvös hálószobákban hevertek.

- Locsolni kéne - törte meg a csendet Dan, de az öreg nem vett tudomást róla, hát témát változtatott - Jacques Gillis eltörte a lábát.

- Úgy kell neki.

- Mi baja van magának Gillissel?

- Nekem? Semmi.

- Akkor mért mondja, hogy úgy kell neki?

– Hát mit mondjak?

– Mondja, hogy *szegény Jaques…*

– Okay, szegény Jaques! Most boldog?

Hosszú szünet.

– Joe! Valami nem stimmel, nem tetszik nekem, hogy ilyen hallgatag.

– Sajnálom, hogy csalódást okozok…

– Máli?

– Máli okay. Hagyjon békén… Még hosszabb szünet.

– Székrekedés! – csapott a homlokára Wilson.

Erre aztán az öreg szó nélkül ott hagyta a szomszédját, az még próbált békülni, sikertelenül.

Joe Balog kissé tétova léptekkel araszolt át az úton, majd, mint aki meggondolta magát, megállt az út közepén, belenézett az üres bögrébe… legyintett és visszafordult. Megállt az ülő szomszéd előtt, majd néhány szusszanásnyi szünet után neki szegezte a kérdést:

– Mondja Wilson, de őszintén, gondolja, hogy én bolond vagyok?

– Őszintén? Hát néha bizony vannak kételyeim…

– Na, nem úgy… hanem klinikailag. Süsü. Elmebeteg.

– A fenéket… miről beszél?

– Nézze, én tudom, hogy maga szeret pletykálni – közelebb húzta a széket és leült szemben az barátjával – de ígérje meg, hogy amit mondok, most az egyszer köztünk marad.

- Hát, ha magának az olyan fontos, hát ígérem.

- Az asszonynak se!

- Annak se.

- Hát én azt hiszem, hogy beköszöntött az aggkori szenilitás.

- Joe, az isten szerelmére, nyolcvan éves... min csodálkozik?

- Na, és a pletykáláson kívül, ne is humorizáljon...

- Okay, okay...

- Esténként, mielőtt lefekszem, rendszerint körbe megyek a házon, hogy minden rendben van e. A múlt este, az ebédlő ablak nyitva volt, hát becsuktam. Akkor látom, hogy egy légy benn maradt az ablak és a szúnyogháló között. Úgy kell neki, gondoltam, útálom a legyeket, koszba-szarba turkálnak, aztán mászkálnak az ember pofáján. Még néztem is egy pillanatra, hogy kétségbeesetten próbálkozik kiszabadulni, aztán leoltottam a lámpát és felmentem a hálóba. Olvastam egy órácskát, elég unalmas volt a könyv, elálmosodtam. Rendszerint hamar elalszom, fel sem ébredek úgy hajnali négyig, nagyritkán kell üríteni...

- Jó magának... én rosszul alszom...

- Ne szakítson félbe, most nem magáról van szó. Hirtelen felébredtem, valami rossz érzés fogott el, ránézek az órára, fél tíz. Alig egy fél órát aludtam. Felgyújtottam a lámpát és próbáltam olvasni... Nem ment, nem tudtam koncentrálni...

– A légy. Nem ment ki a fejemből, próbáltam elhessegetni a látványt, hogy repked, mászkál az üveg meg a háló között… még hallottam is a kétségbeesett zümmögését. Na és? Egy légy. Szemtelen, utálatos rovar… elképesztő számban szaporodik, terjeszti a bajokat, mondogattam magamnak, majd reggelre megdöglik. Különben is, meddig él egy légy? Napokig? Egy hétig? Nem mintha valakinek hiányozna, nem várják otthon az apró legyek, hogy a mama kaját hozzon… minek jött be a házba? Úgy kell neki. Minden gondolkozás nélkül csapom agyon, ha kézre esik, akkor miért nem hagy a gondolat nyugodni, hogy a csukott ablak mögött egy légy kimúlik? De mi van, ha fél?

– Múlt az idő, csak nem jött álom a szememre…

– Dan, rálépett már maga a macskája farkára? Hallotta már, mekkorát vonyít a fájdalomtól? Hallaná az apró madarak kétségbeesett csivitelését mikor lecsap közéjük a héja. Félnek! Éreznek… féltik az életüket, fáj, ha bántják őket. Ha fél és érez egy macska vagy egy parányi pinty, akkor az is feltételezhető, hogy fél és érez egy bogár. Hol van a határ, ahol eldöntjük, együtt érzünk egy lénnyel vagy sem. Látott már maga egy büszkén vigyorgó gyereket, kezében a horgon vergődő, hápogó arasznyi hallal, bizonyítani a világnak, hogy lám csak lám, már lassan emberré nő… passzióból képes ölni. Az csak egy hal… Hölgyeim és uraim, még csak sírni se tud.

- De fél és fáj! Én elhiszem. Azt is hiszem, hogy a félelem a legerősebb és a legtartósabb érzés, ami létezik. Mélyen vésődik a tudatba s vissza-visszatér. Félni nagyon rossz... Én tudom, higgye el Wilson... én nagyon is tudom.

Aztán a két szomszéd csak ült szótlanul a csendes nyári reggelen, távol a világ minden bajától kényelemben, biztonságban. Két nyugdíjas öreg semmitől sem félve, fájdalom is, csak, ami a korral jár, nem ember, múló idő okozta. Wilson kissé zavartan babrált az üres kávéscsuporral a kezében, nem volt hozzászokva az ilyesfajta beszédtémához. Mit is mondjon? Ilyenkor jobb, ha hallgat az ember. Már-már úgy látszott, hogy Joe befejezte a mondókáját, sóhajtott is egy nagyot, feltekintett a felhőtlen égre, mint aki onnan várna választ, vigasztalást... majd egy fokkal halkabban folytatta:

- Már több mint ötven éve annak... az óhazában... Dan, erről senki se tud errefelé, nem szeretek beszélni róla, még kevésbé emlékezni, de néha, mint most ez az ostoba légy eset is, felkavarja az embert. ...Elég az hozzá, hogy becsuktak... azzal a határozott ígérettel, hogy ki is nyírnak... mire jön a reggel.

- Te úr isten... mit csinált? Bankot rabolt? Kit ölt meg?

- Ne szakítson félbe... Hallott maga a forradalomról?

- Melyik... milyen forradalomról?

- Ötvenhatban a ...

– Maga viccel? Ötvenhatban én tizennégy, tizenöt éves voltam… még a farmon disznókat etettem meg tehenet fejtem… azt se tudtam, hogy a maga országa létezik. A messzi külföld nekem Buffalo volt. Forradalom? …És csak úgy becsukták? Remélem, azért fellebbezett?

– Wilson! Tudja maga egyáltalán, hogy mi az, hogy forradalom? Fellebbezni? Kihez? Mihez? Az első jele a forradalomnak, hogy minden törvény, minden logika fel van függesztve. És az okay… mert ugye van a nagy ügy… ami a zászlokra van írva, a nagy, szent ügy, amire mindenki esküszik…

– …Ja, majdnem mindenki. A baj ott van, hogy a nagy ügy mellett, annak az ürügyén még ezrével bukkannak fel a kis sötét mellék ügyek. A *minden szabad* állapotban előbújnak a pszichopata, szadista őrültek. Szabad ölni büntetlenül és nekik mindegy, hogy ki kerül a puskavégre… a vadász öröme a holt áldozat. A korlátlan hatalom gyönyöre, amiről az ego-mániás mindig álmodott, most egyszeribe' adva van. Nekem egy ilyen őrülttel gyűlt meg a bajom, aki eldöntötte, hogy megvédi a rendet s ahhoz engem likvidálni kell. De nem ez a lényeg s amint látja megszabadultam és élvezhetem a maga illusztris társaságát. A lényeg az a pillanat, mikor a cella ajtaja becsapódik az ember mögött. A lényeg a félelem, hogy nincs kiút, hogy itt a vég. Hiszem, hogy vannak, akik rejteni tudják, de nem hiszem, hogy akármilyen élőlény, legyen az ember, vagy állat ne érezné a halálfélelmet. Elmúlhat a veszély, de az érzés örökre ott marad, mint gránitba vésett sírfelirat.

- ...Több mint ötven év is elmúlt, amint mondtam, nem szeretek róla beszélni, se emlékezni. Néha, mikor az évfordulós ricsaj ide is eljut, próbálom magam távol tartani, mert ugye nagyban folyik a vita, írják a történelmet, főleg azok, akik nem élték át. Már nem az én dolgom... de hiszi, vagy sem, ez a hülye légy ügy felkavart.

- ...Csak hánykolódtam a sötétben, kivert a hideg verejték, újra, meg újra hallottam mögöttem az ajtó csapódását... vagy az ablak volt? Egy idő után már nem tudtam különbséget tenni, én csuktam, vagy engem csuktak be... néhány pillanatra a félelem érzése olyan eleven volt, mintha nem is múlt volna el ötven év... Végül lebotorkáltam és lámpát sem gyújtva... csak úgy sötétben, kinyitottam az ablakot.

- ...Ne legyek én hóhérja egy kurva légynek... élt-e vagy sem, nem akartam tudni...

Wilson csak csóválta a fejét, neki-neki fogott, hogy mondjon valamit, de semmi értelmes nem jutott eszébe, hát inkább hallgatott.

Az öreg, hogy idáig eljutott, szinte megkönnyebbülve dőlt hátra a székén... érezte, hogy el kellett mondani valakinek és ki másnak? Az eszébe sem jutott, hogy a szomszédja tán nem is érti, hogy mi is az igazából félni. Honnan is tudná?

– Lehettem úgy nyolc esztendős… – törte meg Wilson a csendet – egy süldő malac elszökött… már sötétedett, mire megtaláltam a szomszéd kukoricásában… nem mertem haza menni, féltem az anyámtól… Tudom, tudom… - mentegetőzött, ahogy az öreg rosszallóan nézett rá a szemüvege fölött – tudom, hogy az más, de higgye el, ha maga valaha kapott volna tőle egy pofont, akkora tenyere volt, mint egy sütőlapát… maga is félt volna.

– Na, most már legalább tudom, hogy néha mitől olyan lüke. Az anyai pofonok. No de, hadd mondjam tovább.

– Végül is feladtam a próbálkozást, hogy elaludjak, négy óra után felkeltem. A kávé lecsurgott, kiengedtem a kutyát, enni kapott a macska és én egy lüktető, másnapos fejfájással leültem a computerhez, hogy a reggeli híreket átnézzem. Ahogy a monitor kivilágosodott… mit látok? Ott ül a légy a kellős közepén…

– Egy légy…

– Nem csak *egy légy*… **a légy!**

– Ne marháskodjon… honnan tudta maga, hogy az, az a légy? Bemutatkozott?

– Mit gondol… az én házamban nem repkednek a legyek tucat számra… Ha én mondom, hogy az az én legyem volt, akkor maga mérget vehet rá, hogy az az én legyem… Kapis?

– Okay, okay… legyen igaza.

– Nekem mindig igazam van… Mivel nem csaphatok a monitorra, elhessegettem. Rászállt a lámpaernyő szélire és nézett. Nézett és dörzsölgette a kezeit…

- Egy légynek nincs keze, még ha az a maga saját legye is…

- Mit tudom én… állt a négy lábán és az elülső kettőt összedörzsölte… nevezze annak, aminek akarja. Elzavartam, visszarepült a monitor szélire. Úgy csináltam, mint aki nem veszi észre… egy idő után bemászott a középre és szemezett velem. Kezdett idegesíteni. Bementem a fürdőszobába, jött utánam… nem szólt egy szót sem… izé, akarom mondani nem is zümmögött, csak ült a tükör közepén. Kinyitottam az ajtót és leoltottam a lámpát. Ültem a sötétben vagy öt percig, na, gondoltam, most kitoltam vele, biztos kirepült a világosság felé. Kisurrantam… nem láttam sehol. Mire a konyhába értem, már ott várt a szekrény ajtaján… a dög, csak vigyorgott. Így ment ez egész nap. Én próbáltam megszabadulni tőle az meg csak jött akármerre mentem.

- Másnap reggel felébredek… mit gondol mi az első, amit látok?

- A legyecske… - vihogott a jó szomszéd.

- Pipa lettem, előszedtem a légycsapót azzal a határozott szándékkal, hogy agyon csapom. Megérezhette a disznó, hogy mit akarok… attól kezdve tartotta a távolságot, de nem maradt el mellőlem. Próbáltam kicsalni a házból, kiléptem az ajtón, nyitva hagytam és vártam. Egyszer csak, látom, hogy ott repked, na, mondom, gyere, csak gyere milyen szép az idő idekint... az meg csak röhögött és ült az ajtófélfán...

- És én hülye, megesküdtem, hogy nem mondom el senkinek... Joe Balog röhögő legyecskéje...

- Wilson! Kitekerem a nyakát, ha erről egy szót is mer szólni, akár kinek.

- Okay, okay...

- Feladtam a harcot... na és gondoltam, majd csak feladja és békén hagy. Csináltam a dolgom, jöttem mentem... egy idő után azon vettem magam észre, hogy kerestem ott van e. Ott volt. Kitartóan kísért amerre jártam, mint az árnyék... megszoktam. Így ment ez három napig, én meg a légy elválaszthatatlan haverok, már szinte hiányzott, ha nem láttam. Egészen ma reggelig...

- Mi, ...mi történt?

- A macska megette.

- Na, ne mondja. A maga legyét?

- Ja... Hallott már maga arról az indián hiedelemről, miszerint, ha valaki megmenti valakinek az életét, örökre felelős marad érte?

- Sose hallottam. Szóval magának vigyáznia kellett volna a legyecskére?

- Valahogy úgy... Az orrom előtt ütötte le a macska, még pörgött egy párat a hátán, kapálózott a lábaival... aztán hamm, bekapta.

- Ez a világ rendje. Min csodálkozik? Esszük egymást...

- Útálom a rendet, vagy nevezze akárminek... akár a jóisten, akár Mister Darwin rendelte így. Tudom a macskám nem egy angyal, egerészik... madarat is fog, de ne csinálja a szemem előtt. Útálom, ahogy a héja ül a filagória tetején és tépi, marcangolja a verebet...

- Tökéletesen megértem, sérti a humánus érzékenységét... a széplelkű öreg Joe. Szar a világ.

- Nekem mondja?

Még ültek szótlanul egy jó darabig... ki-ki a saját gondolataival küszködve, halálfélelem, felelősség meg a teremtői bölcsesség. Végül az öreg Joe felállt, nyújtózott óvatosan, felnézett a felhőtlen égre és lezárva a filozofikus témát bejelentette:

- Na, ma megint meleg lesz... megyek locsolni - s azzal otthagyta a barátját.

*

Hatodik fejezet

amiben az öreg divat ügyben jeleskedik és bőkezűen szórja a barátja pénzét.

Minden délután, úgy két óra felé az öreg bejelenti, hogy ledűl egy kicsit. Nem szundizik, nem alszik, nem sziesztázik... ledűl. A ledűlés abból áll, hogy lefekszik a nappaliban a szófára, hanyatt, keresztberakott lábakkal, keze a hasán összekulcsolva és becsukja a szemét.

Meditál.

Mélyen. Olyan mélyen, hogy még horkol is hozzá.

A testi épségét kockáztatja az, aki ilyenkor arra vetemedik, hogy megzavarja. Néhány Jehovás, meg házaló ügynök a tanú rá.

Most is, valaki figyelmen kívül hagyva a figyelmeztető táblácskát az ajtó mellet - miszerint hívatlan vendégnek le is út, fel is út... - újra meg újra nyomkodja a csengőt, sőt még dörömböl is az ajtón.

Az öreg, mint a fuldokló, aki a felszínre bukkanva levegő után kapkod, egy pillanatra azt sem tudja, hol van, majd az újabb kopogásra magához tér. Feltápászkodik és szapora átkozódások kíséretében az ajtóhoz tántorog.

- Mi az öreg isten... rántja fel az ajtót, készen, hogy behúzzon egyet a mennyei hírmondónak, mikor szembe találja magát a szomszéddal.

- Wilson! Elment az esze? Tűz van, vagy itt a világ vége?

- Joe! - próbál Dan egy békítő hangot megütni - van egy problémám.

- Magának több, mint *egy* problémája van. Kezdjük azzal, hogy bocsánatot kell kérjen, hogy felzavart. Kettő, hogy milyen gyorsan tud átfutni a másik oldalra...

- Ne papoljon... - tolja félre az öreget, belép a házba és ledobja magát az első útba eső ülő alkalmatosságra - a fiam nősül.

- Azt már mondta. Harmadszor nősül. Azért kell engem felzavarni? Nyugodjon bele... vagy irigykedik?

- Mi lenne, ha végig hallgatna, az okos megjegyzései nélkül. Szombaton lesz az esküvő és nincs mit felvegyek.

- Na, ez úgy hangzik, mint egy elhanyagolt feleség...

- Nem viccelek, kihíztam az egyetlen öltönyömet, be se tudom gombolni a nadrágot. Emma szerint venni kell egy új öltönyt... és maga kell, hogy segítsen.

- Én? Húsz éve vettem az utolsó inget, ami a komoly ruházkodást illeti, mért nem megy magával a felesége?

- Azt mondta, hogy a maga ízlésébe megbízik.

- Divat konzultációért száz dollárt kérek óránként…

- Majd nem mondtam, micsoda százat… Jön, vagy kérvényt kell, benyújtsak?

- Most?

- Ja, máris…

- Várjon, ürítenem kell - s elvonult a fürdőszobába. Már régen megtanulta, hogy hosszabb távollét az otthoni bázistól, problémát okozhat, jobb, ha elintézi indulás előtt, mint szorongva keresgélni egy nyilvános alkalmatosságot. Kis hidegvízzel felfrissítette az arcát, megfésülködött, bejelentette Málinak, hogy Wilsonnal megy vásárolni. Még megcirógatta a macskát, biztosította, hogy hamarosan visszatér - a macska persze rá se hederített - és mindezek után, most már ébren kikocogott a szomszéd után.

Wilson a kis Cloenak gügyögött, a kislányka úgy tizennégy-tizenöt hónapos, a szomszéd Sammy és Mary Lou közös munkálkodásának az eredménye.

- Hát nem csodálatos? - Állapította meg lelkesen Dan, ahogy beszálltak a kocsiba. - Alig látszik ki a földből, tegnap még sehol se volt, most meg egy szabályos ember. Keze, lába, járni is tud és azt mondta, hogy *attja, attja…*

- Emlékszem -szakította félbe az öreg - mikor Mary Lou megvette a házat, beszélgettünk és én kérdeztem tőle, hogy vajon minek egy magányos nőnek a nagy ház… Ez volt három éve, már akkor határozottan kijelentette, egy éven belül férjhez fog menni, hogy kihez, azt még nem tudja, és hogy ő gyereket akar... lesz, ami lesz, múlik az idő felette, ketyeg a biológiai vekker. Ajánlkoztam is én rögtön - elvégre is mire való egy jó szomszéd, hogy majd én....

- Maga?

- Mért ne, nem néz maga ki belőlem egy gyereket...? Chaplin is hetven valahány volt...

- Ne hülyéskedjen, maga nős.

- Na és nem hallott maga a többnejűségről?

- Úgy tudom a bigámia törvényellenes.

- Látszik, hogy milyen keveset tud az életről. Óriási különbség van bigámia és többnejűség... poligámia között. Bigámia, mikor a nők nem tudnak egymásról, a poligámia ellenben egy nagy boldog család. Az asszonyok békességben együttműködnek és mentesítik a férjet a minden fárasztó munkától. Jól felfogott önérdekből.

- Ez egy nagy marhaság. Szerintem hívja akár minek az illegális.

- Az attól is függ, hogy hol van. Például, British Columbiában van egy nagy falu, ott mindenki többnejű és a hatóságok semmit se tehetnek ellene.

- Hogy, hogy...?

- Vallásszabadság. Azt állítják, hogy ez az ő vallásuk, miszerint egy férfinek több asszonyt tartani istennek tetsző dolog.

Ezen aztán még Wilson is elgondolkozott, bár ő nem volt vallásos, de bizonyos körülmények között talán hajlandó is lenne megtérni. Hogy

Emmának mi véleménye lenne az ötlettel kapcsolatban, eszébe se jutott. Már majdnem a shopping centerhez értek, mikor megszólalt.

- Egyet nem értek - szögezte a kérdést az öregnek - honnan van annyi nő?

- Látja, arra már én is gondoltam. Csak egy magyarázat lehet. Amelyik ürge nem bírja a strapát, azt kipaterolják a faluból és aztán osztoznak az asszonyokon.

- Ja! Az lehet. Mond valamit... Ebben maradtak.

Az öreg leparkolt, közel az egyik bejárathoz, hogy ne kelljen sokat gyalogolnia és kiparancsolta Wilsont a kocsiból.

- Tudja egyáltalán, hogy hova megyünk? - kérdezte, csakhogy mondjon valamit.

- Bízza csak rám, ismerem én a dörgést.

- Ja, mint a barack...

- Wilson, ha még egyszer előhozakodik a barack üggyel, nem állok szóba magával.

- Az lesz az életem legszebb napja.

- És mit fog csinálni nélkülem. Hee? Még egy gatyát se tud venni...

- Nem gatyáról, öltönyről van szó... még mindig nem mondta, hová megyünk.

- Brúnó! A legjobb férfiruha üzlet, nem túl drága, de jó minőség. Pont magára szabták.

- A nem túl drága jól hangzik. A minőség nem olyan fontos... de honnan veszi mindezt, vett már maga valamit ettől a Brunótól?

- Köztudomású... különben, csakhogy ne csináljon magából majmot, ne várja, hogy Mister Brúnó üdvözölje az ajtóban. Brúnó nincs, az csak egy név. Ez egy üzletlánc...

- El tudom képzelni... Kínában csinálják az öltönyöket, futószalagon...

- Banglades... globális gazdaság. Jobb, ha maga nem szól semmit, majd én beszélek.

- Hát ha mást nem is, de azt tud... blabla blabla ...

Beléptek a tágas üzletbe, csend volt és elegancia. Diszkrét zene szűrődött a rejtett hangszórókból, nem a szokásos rikoltó rock, hanem valami semleges zümmögés csupán. Százával lógtak az öltönyök a fekete vállfákon, minden tizedik lépésnél talpig érő tükör kínálta magát, hogy a vevő gyönyörködjön magában. Valahonnan az üzlet sejtelmes mélyéről egy fiatalember surrant elő, nesztelenül, szinte lebegett a ruhás állványok között.

- Üdvözöljük Brúnó nevében... A nevem Clyde - mutatott a szerény kis táblácskára a büszkeségtől dagadó mellén - miben állhatok szolgálatukra, Uraim?

Joe, huncut vigyorral az orra alatt, egyből ráállt a fiatalember stílusára és Dan rosszalló tekintetét kerülve válaszolt.

- A nevem Joey... a barátom, Mister Wilson, de szűk baráti körökben csak úgy ismeretes, mint Dandy - és megveregette a pukkadozó Dandy-Dan vállát.

- ... tudja, kedves Clyde... - folytatta, bizalmasan félrehúzva a figyelmes eladót - Mister Wilson kinőtte az öltönyeit és tekintettel egy közelgő esküvőre, szeretnénk valami, az alkalomhoz megfelelő módon reprezentálni...

- Oh... - kapott a szívéhez a kedves Clyde - gratulálok az uraknak... mint mondani szokás, jobb későn, mint soha. No, hadd lássam csak... - fordult vizsgáló tekintettel a tébláboló Wilsonhoz - negyvenkettes, talán egy kis igazítással a nadrágnál... gondolom valami szerény, ünnepélyes, az eseményhez méltó... - a sorban lógó öltönyök között válogatva kiemelt egy sötétszürke, cérnavékony csíkozott öltönyt - na lássuk csak.

Joe egy gyors mozdulattal lefejtette a gyanútlan Wilsonról a dzsekijét és Clyde rásegítette a zakót. Megforgatták, mint egy kirakati bábút, megállapítva, hogy egészen emberi formája van, kritikus megjegyzésekkel kisérve, mint ugye, ha egy tisztességes ing és nyakkendő lenne rajta..., ami készségesen áll a kedves vevő rendelkezésére..., készen is lenne a nagy eseményre..., ami ugye, ...jobb későn, mint soha.

- Ha kedves Mister Wilson lenne olyan jó befáradni az öltözőfülkébe, hogy a nadrágot... - Clyde nem fejezhette be a mondandóját, Wilson izgatottan félbeszakította.

- Álljon meg a francos menet... kérdezte valaki, hogy én mit akarok? Hogy nekem tetszike? Hogy hónaljban nem szorít-e? Arról nem is beszélve, hogy az áráról senki se beszélt...

- Nyugi, nyugi Dan... először lássuk, hogy...

- Mennyi?

- Szerintem nagyon jól áll magának ez a szín és...

- Ne beszéljen mellé. Mennyi? - szegezte a kérdést a megszeppent eladónak.

- Kétszázkilencvennyolc...

- Kétszáz... a frászt. HÁRMSZÁZ DOLLÁR? Ne hülyítsük egymást kérem - dühösen ráncigálta le magáról a zakót és az elképedt Clyde karjaiba dobta. - Attól a két dollártól még nem lesz kétszáz.

Kikapta Joe kezeiből a dzsekijét és kivágtatott, de még az ajtóból visszaszólt.

- Különben is a fiam esküvőjéről volt szó. De ha netalán mégis eltévelyegnék a nyájtól, ami abszolúte ki van zárva - akkor sem egy ilyen vén trotilit fognék ki magamnak.

Ha nem egy automata ajtó lett volna, talán még be is csapta volna maga után.

Joe bocsánatkérések közepette követte a felháborodott szomszédot, már csak a parkolóban érte utol.

- Na, maga aztán jól levizsgázott. Nem lehet magát emberek közzé vinni. Most mi lesz az öltöny ügyben? Mit fog Emmának mondani? Hogy túl smucig, hogy tisztességesen felöltözzön a fia esküvőjére?

- Hagyjon engem békén... mit képzel, mi vagyok én, egy Rockefeller? Háromszáz dollár? Maga meg a Brúnója. Láttam én egy üzletet a Main streetten, oda megyünk. Discount. Leszállított árak. Az való a szegény embernek, nem Bruuuunnóóó.

- Szegény ember? Wilson ne próbálja nekem bemagyarázni, hogy maga nyomorog, ne felejtse el, nem is olyan régen dicsekedett, hogy mennyit csinált a tőzsdén.

- Az még nem jelenti azt, hogy háromszázat fizessek egy öltönyért, amit valószínűleg csak egyszer fogok viselni...

- Na és... abba fogják eltemetni. Elegánsan megy át a másvilágba.

- Frászkarikát... kremálni fognak minden cécó nélkül...

- Meztelenül? Na, arra én is befizetek...

- Miről beszél? Maga előbb megy... ha van igazság.

Szó szót követett, mint mindig, hogy kié legyen az utolsó. A párbajnak még akkor se lett vége, mikor Wilson kívánsága szerint megérkeztek a diszkont áruházba. Joet félrelökve átvette a kezdeményezést és rövid alku után egy kétsoros sötétkék öltöny - cirka 1970 - megelégedett tulajdonosa lett... százhúszért. A kedves tulaj, még sebtében fel is hajtatta a nadrág szárát, és biztosítva, hogy a vevő igazából boldog is legyen, még bedobott a zacskóba egy rikító, sárga-kék csíkos nyakkendőt is.

- Na látja, maga okos. Így kell vásárolni.

- Meg kell adni - volt a szarkasztikus válasz - nem véletlen, hogy bár nekem ízlésem van, csóró vagyok, magának meg pénze van.

- Ízlést nem lehet a bankba vinni...

- Legyen magának igaza.

- Na, legalább ezt is megértem...

S így tovább. Mire hazaértek, az öltönyvásárlás már feledve volt és Meggie O'Brien a képzeletbeli szomszédasszony fizikai erényeit tárgyalták teljes egyetértésben.

Az öreg Joe, miután egy hangos *hellóval* bejelentette hazatérését, a macskát gyengéden arrébb tette a szófán - s ledűlt. Még latolgatta magában a barátja esélyeit az új öltönyt illetően, Emma reakcióját... majd a, *nem az én asztalom* vigaszával, visszatért a meditálás állapotába.

Nem telt bele egy fél óra sem, alig, hogy átlibegett a szendergésből az aktív álomvilágba, mintha ágyút sütöttek volna el, dörömbölésre ébredt.

- Megölöm, akárki is legyen az a barom! - Majd, hogy nem orra esett, ahogy lefordult a szófáról. A macska ijedtében elnyávogta magát és elpucolt a konyha irányába. Joe felrántotta az ajtót.

- Tudhattam volna, hogy maga az...

Wilson bocsánat kérően billegett egyik lábáról a másikra.

- Ma már másodszor zavar fel a sziesztámból, tudja maga, hogy ez mibe fog magának kerülni?

- Joe... baj van.

- Hah, mondjon egy újságot.

- Emmának nem tetszik az öltöny.

- Na, azon nem csodálkozom, de mennyiben tartozik ez rám?

- Azt akarja, hogy vigyem vissza...

- Hát vigye.

- Nem fogják visszavenni, felhajtották a nadrágot... különben is rajta van a cédulán, minden eladás végleges. Mondja, mit csináljak? Kell egy másik öltöny.

Joe, megsajnálta a barátját, megvakarta a feje búbját, betessékelte Dant a házba. Belebujt a cipőjébe és lemondással legyintett.

- Akarja, hogy visszamenjünk Brúnóhoz?

- Akárhova, csak oda nem.

- Más nincs, hacsak nem akar Szent Catherinába menni ... amihez viszont nekem nincs semmi kedvem. Vacsorát kell, csináljak. Vagy Brúnó, vagy megy szólóban.

- Nem hagyom magam kiröhögni...

- Hát sajnos, azt már nem tudja elkerülni. Megyünk Brúnóhoz. Egy feltétellel vagyok hajlandó kihúzni magát a pácból. Befogja a száját, úgy viselkedik, mint egy úriember, nem alkudozik és fizet, mint egy bankár.

- Joe, maga meg van győződve, hogy én tele vagyok pénzzel.

- Nem feltétlenül, de hogy smucig az biztos. Van egy ötletem, hogy elkerüljük az esetleges kellemetlenséget, adja ide a hitelkártyáját...

- Megőrült?

- Okay, OK... Menjen isten hírével... Üdvözlöm a kedves feleségét.

- Joeee! Ne hülyéskedjen...

- Emma!

- Maga azt hiszi, hogy én félek a feleségemtől? Nagyon téved...

- Persze, hogy fél...... én csak respektálom Máli véleményét és a házi-béke kedvéért nem vitatkozom...

- Papucs.

- Maga a papucs!

- Kártya, vagy semmi!

- Okay, okay... gonosz vén csirkefogó.

Nagy körülményesen előszedi a tárcáját, s mintha a fogát húznák, válogat a fél tucat kártya közül, aztán előszed egyet. Görcsösen fogja, az öreg erőszakkal húzza ki a kezéből.

- De mit csinálok ezzel az öltönnyel? -

- Majd csinálunk egy kis kerülőt és a Stanfordon bedobja az Üdvhadsereg adományos ládájába.

- Maga nem normális, százhúsz dollár? Csak úgy bedobni? Mi van, ha hirdetem az újságban, talán százért el is lehetne adni...

- Még álmában sem, nem akarom elkeseríteni, de ez még húszat sem ér.

- Százhúsz dollár?

- Vegye úgy, hogy jótékonykodik. Százhúszért üdvözül, ha jól meggondolja, direkte jól jön. Belépő a mennyekbe, jutányos áron.

Szótlanul ültek a kocsiban s Joe valóban vette a kerülőt a Stanford Plázára és hogy ki se kelljen Wilsonnak szállni, közel állt a gyűjtőládához.

- Na, dobja be! Vegyen egy mély lélegzetet, csukja be a szemét és dobja be. És valóban, Dan Wilson erőt vett magán és bedobta a csomagot a ládába.

Nagy sóhajjal búcsúzott a százhúsz dollárjától, még morcosan, hosszan dünnyögött magában.

- Csak tudnám, mi a francnak kell Chrisnek újra nősülni. Egyszer kötelező, másodszor végzetes hiba, harmadszor büntetendő cselekmény.

- Na, a végén még majd a gyereket okolja a saját hülyesége miatt.

*

- Nicsak, nicsak... - kapott a szívéhez, tetetett drámai túlzással Clyde az ifjú eladó - csak nem a kedves Mister Wilson? Üdvözlöm Bruno nevében, a visszatérő vevő mindig szívesen látott...

- Na, elég, elég, ne vigyük túlzásba - fogta karon az öreg Joe a lelkes fiatalembert és elhúzta, hogy Wilson hallótávolságán kívül legyenek, majd folytatta - Mister Wilson nagyon sajnálja, hogy elhamarkodott viselkedése esetleg félreértésre adott okot, de a tény, hogy itt vagyunk, azt jelenti, hogy ha nem haragszik, kedves Clyde barátom, igénybe vesszük nagyrabecsült szolgálatát.

- Örömmel - s kissé meghajolt csak úgy derékba'.

- Mondja csak, ha nem tévedek, komisszióra dolgoznak...

- Hát igen, egy csekély százalék az eladás után.

- Na, ez az ön szerencsés napja, Mister Wilson arany Visa kártyája van a zsebemben és lássuk, mit ajánl egy büszke örömapának...

- Hát ugye van az a cérna-csíkos szürke, amit bátorkodtam előzőleg ajánlani... - kezdte a mondókáját nagy lelkesedéssel - a legkevésbé, hogy is mondjam... kezdő az árskálán, aztán van a Velencia úgy háromszázhetvenöt dollárnál és a delux, Madison Avenue, szuper elegáns öltönycsalád...Brúnó saját műhelyében készült...

- Bangladesben...

- Isten ments... - kapott a szájához Clyde - Szlovéniában, az ország világhírű szabómesterei által. Csekély négyszázötvenért.

- Na, az már jobban hangzik, lássuk csak.

És nagy figyelemmel válogattak a *szuper elegáns* öltönyök között, míg a szegény Wilson magára hagyva téblábolt az üzlet közepén. Végül is Joe döntött egy három részes sötét füst színű öltöny mellett és odaintette a barátját.

- Na, hadd lássuk, próbálja ezt fel.

- Minek a mellény, nekem sose volt mellényem... felesleges.

– Dan! – intette le Joe – Azt ígérte, hogy befogja a száját. A mellény marad, elrejti a pocakját.

Clyde rásegítette a mellényt, majd a zakót, megforgatták és mintha Wilson ott se lett volna, megtárgyalták a szín, a szabás előnyeit, az eredeti angol gyapjúszövet minőségét, az időjárást, Harrison Ford kalapját, no meg a konzervatív kormány tarthatatlan álláspontját a globális felmelegedést illetően, miközben a szerencsétlen Wilson felpróbálta a nadrágot és jött a házi szabó, krétával, gombostűkkel. A végén már szinte beleszédült, annyit forgatták, de tartotta a száját ígérethez híven. Nem mintha megbékélt volna a háromszáz dolláros kiadással, de a mellény, mint előre nem látott darab, aggasztotta. Vajon az mennyi lesz? Nagy igyekezettel próbált rápislantani a hónalj alatt lógó cédulákra, de dollár jeleket nem látott. Mire a házi szabó leszedte róla az összetűzdelt nadrágot, megadta magát a sorsának. Kerül, amibe kerül, ha más haszna nincs, hát legalább Emma elhallgat.

Joe, az Joe! Már megszokta az öreg rigolyáit, elfogadta a kor adta kiváltságokat, ráhagyta, hogy *neki legyen igaza.* Mibe kerül? Most meg direkt jól jön, hogy a felelősség már nem rajta van, ha valami rosszul sül el, nem ő lesz az oka. Csak az a százhúsz dolláros jótékonykodás bosszantotta. Azt nem kellett volna, el tudta volna adni, állítólag mindenre van vevő. Ha más nem, hát nyugtát kellett volna kérni érte, akkor az adóból levonhatná. Majd csinál egyet. Nem egy nagy ügy. Ült az öltözőfülkében, csak úgy ingbe' gatyába' kezében a nadrággal. A talpig tükörből egy idegen nézett vissza rá. Régen látta magát így teljes egészében. Borotválkozás közben az ember csak a felső egyharmadát látja magából. Kicsit meglepte, hogy bizony a pocak igencsak dominál. Felállt, vett egy mély lélegzetet, visszatartotta... szomorúan alapította meg, hogy a pocak marad. Talán, majd a mellény segít egy kicsit takarni.

Milyen kár, hogy Maggie O'Brien nem hivatalos az esküvőre... Az öreg visszafogott hangja zavarta meg az álmodozásban.

- Hej! Dan! Mit csinál? Elaludt.

- Jövök, jövök, ne kiabáljon.

- Ki kiabál? Mehetünk... öt után felveheti, addigra kész lesz a szabó az igazítással.

Sebtibe' belebújt a nadrágba, cipőbe és kilépett az öltözőfülkéből. Clyde rejtélyes mosollyal a kézébe nyomott egy nagy színes Brunó zacskót.

- Ez mi? - kérdezte Wilson

- Ing, nyakkendő s még egy s más, ami egy jólöltözött úriember ruhatárában nélkülözhetetlen.

- Joe! Maga megbolondult? Adja vissza a kártyámat. Mennyit költött? Hol a számla?

Az öreg, rá se füttyentett az okvetetlenkedő barátjára, meleg kézfogással búcsúzott a hálás eladótól és biztosította, hogy visszajönnek öt óra tájban az öltönyért. Wilson csökönyösen követelte az elszámolást, Joe meg figyelmen kívül hagyta.

- Na, jöjjön, megyünk a Starbuckba, veszek magának egy jeges cappucinót.

- Kell a fenének, azt hiszi, hogy le tud kenyerezni egy nyavalyás kávéval? Nagyon téved. Miután szó szoros értelmében kirabolt, megjátssza nekem itt a jótékony barátot? Mennyit költött? Ugye nem meri bevallani?

- Nézze Wilson. Vegye úgy, hogy rendbe hoztam a szénáját. Emma boldog lesz, ha meglátja az új öltönyben, megbocsájtja az százhúsz dolláros förmedvényt, maga lesz a legelegánsabb ürge az esküvőn. Arról nem is beszélve, hogy rövid pár óra alatt többet tett a világgazdaság fellendítésének érdekében, mint az USA pénzügyminisztere hat hónap alatt. Tétlenül porosodó dollárjait bedobta a forgalomba, a kedves Clyde jövedelmét tetemesen növelte, a világhírű szlovén szabómesterek gyerekei örökre hálásak lesznek magának. Az Üdvhadsereg minimum ötven meleg ételt produkál az éhező polgártársainak az adományából. Mire a jövő hónapban, megjön a Visa elszámolás, már el is felejti a mai fájdalmait. Fel a fejjel kispajtás... van egy óra agyonütni, megyünk kávézni.

- Maga bolond. A más pénzén urizál. De mit vár az ember egy liberális, szocilista, vén csavargótól?

- Na, ugye?

A kávézó alig pár percre volt a shopping centertől, szótlanul tették meg az utat, már nem volt mit mondani az ügyben. Wilsont csak az bosszantotta már, hogy az öregnek jutott az utolsó szó. Egy semmitmondó, felesleges "*na, ugye*". Mit lehet arra mondani?

- Duplát! Habbal! - Bökte ki végül, egy megelégedett vigyorral.

*

Hetedik fejezet

amiben a két szomszéd a szelleműzés kétes tudományában jeleskedik.

Már két napja esett az eső, hol csepergett, szitált, hol ömlött. Az igazság az, hogy igen jól jött a háromhetes nagy meleg után, kizöldült a világ, meg aztán locsolni se kellett, ami nem kis dolog, ha figyelembe vesszük, hogy milyen magas a vízdíj. Az öreg Joe virágos kertje meg igencsak igényelte a sok vizet. A kedves olvasó ebből bizonyára arra a következtetésre jutna, hogy az öreget boldogította az égi áldás. Hát, mondjuk úgy, hogy fifti-fifti. Míg megelégedéssel nyugtázta a természet segítségét, a hosszas bezártság már kezdett az idegeire menni. Jött-ment a házban, mint aki nem találja a helyét, kikinézett az ablakon, Wilson a garázs ajtóban téblábolt… *hiányzik neki a kocsi mosás,* állapította meg az öreg, kis szarkasztikus mosollyal az orra alatt.

Télen az más. Túl a hólapátolás örömein, éppen elég tennivaló akad a házon belül, amit egész nyáron halogatott, hogy majd…

Már a második adag kávét főzte le, mikor csöngettek az ajtón. Kikukucskált a kémlelőn – ha idegen, ki se nyitja, bár néha direkt élvezte, ha gorombáskodhatott a házaló ügynökökkel, különösen a megváltást ígérő misszionáriusokkal - kell az embernek egy kis szórakozás alapon.

- Mondja kedves... - teszi fel a kérdést a bibliát szorongató vénkisasszonynak - maguk mind a mennyországba jutnak?

- Bízunk az Úr kegyes jóakaratában.

- No, akkor én inkább a pokolba mennék, a jó nők biztos' mind ott lesznek - és gonosz vigyorral rájuk csapja az ajtót. Máli csak a fejét csóválja.

- Mert mintha a választás rajtad múlna.

De most nem a tanúk állnak az esőben, hanem Wilson szomszéd rázza magáról a vizet, türelmetlenül topog az ajtó előtt.

- Na, beenged, vagy kérvényt nyújtsak be?

- Nem tudta kivárni, míg alább hagy? Mi olyan sürgős? Jobb, ha leveszi a cipőjét... na, nézze micsoda lucskot hagy hátra.

Wilson lerúgja a cipőjét, félre tolja az öreget és ledobja magát a nappaliban a bőrfotelbe. Otthonosan, mintha az direkt neki lenne fenntartva.

- Hmm - szippantja be a kávé illatát - jókor jöttem, friss a kávé. Megkínál?

- Dollár ötven.

- Írja fel a többihez.

Dupla cukor, kevéske tej, készíti a kávét a barátjának. Saját bögréje van. Dan a múlt nyáron vette a bolhapiacon, "*A világ legjobb szomszédja*" hirdeti a rikító felirat. Az öreg egészen meg volt hatódva mikor megjelent vele, míg aztán Wilson gyorsan fel nem világosította, hogy az nem neki szól, azt saját magának vette.

Az öreg leül a szófára, átellenben a látogatóval. Szürcsölgetik a kávét, szótlanul. Az öreg vár, hogy Wilson megszólaljon. Ahogy megjelent az ajtóban, már tudta, hogy valami mondani valója van, de megjátssza, hogy nem érdekli. Wilsont bosszantja vele, mert az elvárná, hogy ha mást nem is, de kérdezné, hogy *mi újság*. Végül is, nem bírja tovább, megszólal.

- Nem fogja elhinni…

- Akkor ne is mondja…

- Azért is mondom. Willy Kowalszki a kocsijába' alszik.

- Kowalszki? A kocsiban?

- Ja!

- Maga ezt honnan veszi?

- Dominic mesélte.

- A Dominic?

- Ja, tegnap éjjel, jött haza munkából és látta, hogy Willy kocsijában ég a belső lámpa. A házban sötét volt, gondolta talán Willy véletlenül rajta hagyta. Hogy az akku ki ne merüljön - Dominic, mint jó szomszéd, ugye… - miután leparkolt a saját háza előtt elsétált, hogy leoltsa a lámpát, vagy felcsöngesse Kowalszkit. Ahogy közelebb ért, látta, hogy Willy a kocsiban van, ledöntve az első ülés, ott fekszik, pizsamában, kispárna a feje alatt, rózsaszínű pléd… komplett hálószoba, csak a vekker hiányzott. Dominic óvatosan elsomfordált, nem akarta, hogy Willy észre vegye, különösen, hogy az buzgón kortyolgatott. Whiskey. Johnny Walker.

- Na, még csak ez kellett...

- Ja, mit szól hozzá?

- Az, hogy a kocsiban alszik, nem újság... Nem egyszer előfordult, hogy a felesége... szegény Margaret, míg élt, kirúgta a házból, mert piált. Kowalszki, ha részeg, gorombáskodik. De az asszony már meghalt, több mint három éve. Elment annak az esze? Nem akarom elhinni.

- Pedig elhiheti. Dominic látta, esküszik rá.

- Tudja mit? Ma éjszaka majd én megnézem, úgyis négykor kelek...

- Én is látni akarom., megyek magával...

Megegyeztek, hogy majd kora hajnalban meglátogatják az autójában tanyázó Willy Kowalszkit.

Kora délutánra elállt az eső, kellemes, enyhe, kora szeptemberi napsütésben fürdött a város. Az öreg nekiállt, hogy leszedje, a már majd, hogy nem túlérett paradicsomokat, Wilson meg mosta a kocsiját. Mi mást. Időnként találkoztak az út közepén, hogy feltűnés nélkül kémleljék a Kowalszki házat. Willy megjelent, úgy három óra tájban, intették egymásnak a szokásos néma üdvözletet.

Mint minden más alkalommal, a felületes szemlélő nem is sejthette volna, hogy valami van a levegőben.

- Ne bámulja olyan feltűnően - intette az öreg a szomszédját - nehogy gyanút keltsen.

– Nem látszik piásnak.

– Arra várhat. Kowalszkin nem látszik, ha iszik. Nem addig, míg pofára nem esik, aztán meg jöhet a mentő.

– Ki hitte volna, alig két hónapja, hogy még látta a nagy fényt.

– Hát ha így halad, majd újra látja.

*

Az öreg négykor kelt, a hajnali rituálé elvégzése után, rákattintotta a kávéfőzőt. Lefekvés előtt rendszerint bekészíti, hogy a klór elillanjon a vízből, csak a frissen darált kávét kell a szűrőbe bemérni. Míg várt, hogy lecsurogjon, adott a macskának és kieresztette Rómeót egy gyors pisszentésre – ő a ház kutyája. Intett a szomszédnak, aki már a nyitott garázsajtóban téblábolt az elmaradhatatlan kávésbögrével a kezében. Wilson csak arra várt és átügetett az úton.

– Na, már azt hittem sose ébred…

– Miről beszél? – intett a falióràra – négy óra tíz.

– Én már három után fenn voltam.

– Az a maga dolga, nem fogok magához igazodni, és tegyen hangfogót, Máli még alszik.

– Okay, meddig kell várni arra a kávéra?

– Wilson! Üljön a seggire és ne idegesítsen. Már kora reggel kezdi, mi lesz estig?

– Blabla, blabla… Jól van na, befogom a szám.

Aztán csend volt egy ideig, a konyhában legurgulázott a kávé, Joe bemérte a pontos adag tejet meg cukrot s leitta a tetejét, csettintett a nyelvével. Az élet apró örömei között az első korty kávé, így reggelenként, mennyei élvezetnek számított. Fogta a kávés karafet és intett a szomszédjának.

- Na, hadd öntsem fel, igyon néha egy tisztességes kávét is ne csak azt a barna löttyöt.

- Mi baja van magának az én kávémmal?

- Nekem? Semmi, azon kívül, hogy meg sem innám.

- Száz százalékos columbiai...

- Ja, magának mindent el lehet adni.

Mire kiürültek a csuprok, kifogytak a kávét illető ellenvéleményekből és készen voltak a Kowalszki kémkedésre. Joe intett a kutyának, aki örömmel ugrott a soron kívüli séta reményében és elindultak a hajnali csendben a Kowalszki ház irányába.

- Mi van, ha felébred? - Kérdezte Wilson.

- Úgy is jó, legalább sebtibe' megtudjuk, hogy mi a dörgés. Csak bízza rám, tudom, mit kell ilyenkor csinálni...

- Ja, mint a barack...

- Wilson, ha még egyszer előhozza a barack ügyet, kiírom magát a végrendeletemből.

- Ne fenyegessen, mert mindjárt összetojom magam.

Kowalszki a harmadik ikerház déli felében lakott, alig száz méterre. Joe csendre intette a barátját és lopva közelítették meg a fehér Toyotát, az a bejáróban parkolt. Mindekét oldalon az ablak, úgy kétujjnyira nyitva volt és valóban, Willy Kowalszki csendes békességben, rózsaszínű plédbe burkolva aludt a ledöntött ülésen. Missy, a szürke angóramacskája, a vezető oldalán szunyókált egy lila szatén párnán. A két öreg összenézett, megállapítva az elvitathatatlan tényt, valóban, Willy Kowalszki az autóban lakik.

... és abban a pillanatban elszabadult a pokol.

Rómeó, hogy ki ne maradjon a mulatságból, felugrott, hogy bekukucskáljon a kocsiablakon... talán a macska közelségét szaglászta - nagy macskabarát ő, tiszteletbeli tagja a feline társadalomnak. A bajt az okozta, hogy őurasága körmei akkorát csattantak az ablaküvegen, mint egy mennykőcsapás. A macska a kocsi plafonjáig ugrott ijedtében, majd esztelen nyávogással eltűnt az ülés alatt. Kowalszki fejjel a kocsi oldalának vágódott, kétségbeesetten próbált kiszabadulni az összegabalyodott takaróból, csapkodott a kezeivel, miközben torkaszakadtából ordított:

- Gitta, no, no, no... Gitta! Please... no, no, no...

Majd lassan magához térve felismerte, hogy hol is van, kinyitotta az ajtót és kibukott a kocsiból. Négykézlábra. A két szomszéd a meglepetéstől szólni se tudott, bár elfutottak volna, de mintha legyökeredzett volna a lábuk. Az öreg Joe tért magához elsőnek és engesztelően szabadkozott.

- Bocs, Willy. Nem akartuk felijeszteni, de ez a hülye kutya... erre jártunk és egészen véletlenül fedeztük fel, hogy a kocsiban alszik. Bocsánat...

- Véletlenül? Mi? Nincs véletlen. Fraszt. Mindenbe beleütik az orrukat... Mi közük hozzá, hogy én hol alszom... azt csinálok a saját portámon, amit akarok. Semmi közük hozzá.

A ricsajra, itt-ott kivilágosodott egy-egy ablak... kövér Suzy lenge, mélyen dekoltált hálóingben, kilépett a verandára, nehogy kimaradjon a cirkuszból, de egy csupasz, szőrös kar kinyúlt utána és berántotta a házba.

- Héj! Csönd legyen, a dolgozó emberek hajnalban aludni akarnak... - ordított Keith Johanssen a másik oldalról, tudott dolog volt, hogy ki nem állhatta a lébecoló nyugdíjasokat, neki még hét év volt hátra. Irigykedett.

Rómeó volt az első, aki megpucolt, behúzott farokkal futott hazáig, Wilson szorosan mögötte. Az öreg Joe még próbált békíteni, de Willy Kowalszki csak mondta a magáét szabad polgár jogaira hivatkozva, miközben náci kémeknek meg pletykás vénasszonyoknak titulálta a szomszédjait. Jó idő telt belé, míg minden elcsendesedett, majd Willy a veranda lépcsőjére ült, a rózsaszínű plédbe burkolódzva, a macskáját békítgette. Valahol egy ajtó csapódott, motorzúgást hozott a hajnali szellő a város felől. Semmi különös. Egy kora reggel mielőtt az élet beindult volna.

– Na, kellett ez nekünk? – tette fel a szónoki kérdést Dan Wilson. A garázs előtt ácsorogtak a sötétben. – Mert maga kételkedett, mintha Dominic hazudott volna.

– Én már csak ilyen vagyok, csak a saját szememnek hiszek.

– Ja, annak a mindent duplán látó két szép szemnek... Erről jut eszembe, megkapta a hajtásit?

– Már mért ne kaptam volna meg, nincs nekem semmi bajom.

– Kivéve, hogy mindent duplán lát, kómába esik és összekeveri az északot a déllel, emlékeztessen, hogy ne üljek be a kocsijába.

– Örömmel, úgyis idegesít az örökös aggodalmaival.

Wilson témát váltott.

–Van még abból a híres kávéból?

– Jó hogy mondja, nem tudtam, hogy mi hiányzik. Hozom. – s azzal, korát meghazudtoló fürgeséggel ügetett át az úton.

Aztán a kávé is elfogyott, meg a beszédtéma, csak ültek, tanúskodva egy újabb nap születéséhez. Lassan ébredezett a szomszédság, itt-ott kivilágosodott egy-egy ablak, friss kávé és sült szalonna illata lengett a levegőben, kocsiajtó csapódott, motorzaj... van, aki korán kezd, talán egy szakács vagy taxisofőr indul munkába.

– Joe! – Törte meg Wilson a csöndet. – Nem értettem, mit kiabált Kowalszki. *Kitanó. Kitanó...*

- A' fenéket *kitanó*... **Gitta, no**... A feleségét becézte Gittának. Már, amikor becéző viszonyban voltak. Margaret... Gitta. Kapish?

- Értem! Valami nagyon rosszat álmodhatott szegény... majd összetörte magát, ahogy felriadt. Attól tartok, hogy sose fogjuk megtudni, miért tanyázik a kocsiban...

- O, oh... asszem, nem sokáig kell várni - intett a fejével az öreg. A másik oldalon Kowalszki somfordált feléjük. Megállt Joe háza előtt a bejáróban.

- Willy! Mért nem jön közelebb? - Joe még fel is állt, hogy invitálja a tétovázó szomszédot.

- Maga jöjjön, beszélni akarok magával.

Joe rántott egyet a vállán, mint aki nem érti, miről van szó, majd átsétált az úton, hogy eleget tegyen Kowalszki kívánságának.

- Mi van, Willy? Mért nem jön, akad még egy bögre kávé.

- Wilson - sziszegte az orra alatt, megvetéssel - nem akarok vele beszélni.

- Mi baja van magának az én barátommal?

- Ja. Éppen arról van szó. Mielőtt ***az*** idejött, én voltam a maga barátja.

- Willy! Mi sose voltunk barátok. Jó szomszédok, de nem barátok. Pesztrálkodtam, furikáztam oda-vissza az elvonóba, bevásároltam, mikor elvették a hajtásiját, de nem voltunk barátok.

– Áh, hagyja, már úgy sem számít – legyintett lemondóan – nem érdekes, úgyis költözöm! Eladom a házat.

– Hát, azt meg már mért csinálná?

Joet váratlanuk érte a hír. Na, alig, hogy túltették magukat az új szomszéddal járó hercehurcával, mikor Vespa Patel rájuk ijesztett a ház eladással, most meg ez a lüke Kowalszki fenyeget költözéssel. Még csak az kell, megzavarni a szomszédság delikát egyensúlyát valami jött-ment társasággal. Tinédzserek, motorbiciklis barbárok. Ki tudja, miféle veszedelem vár rájuk… alighogy elboronálták Maggie O'Brien ügyét. Elejét kell venni a bajoknak, állapította meg magában az öreg, még mielőtt megszólalt volna.

– Willy mielőtt még meggondolatlanul végzetes hibát követne el… – karon fogta a vonakodó szomszédot és leültek Joe háza előtt a veranda lépcsőjére, visszafogott hangon szólt, kissé, mint apa a gügye fiához, megértést színlelve.

– Mi késztette, hogy feladja ezt a jó szomszédságot, ilyet úgyse fog találni. Itt mindenki… – majdnem kimondta, hogy *szereti magát*, de még idejében elharapta a szót. Túlzásba azért nem kell esni.

– Nem tudok a házban maradni, el kell költözni.

– De, miért? Mi oka lehet, jó volt tizenöt évig és most egyszeribe költözhetnékje támadt?

- Úgyse fogja megérteni - majd hosszas szünet után hozzá tette - furcsa dolgok történnek a házban...

- Na, ne mondja, miféle furcsa dolgok?

- Kezdjem azzal, hogy megrepedt a fal a pincében... beázik.

- Na és? Előfordul. Nálam is szigetelni kellett.

- Ijesztő hangok éjjel, meg ajtócsapkodás...

- Ne hagyja nyitva az ablakot... huzat.

- Mondhat akármit, szerintem kísértet jár...

- Na, ezt a marhaságot meg honnan veszi... miféle kísértet?

Kowalszki szinte súgva nyögte ki.

- Margaret.

- A felesége?

- Ja, visszajár... pokollá teszi az életem. Ivonne, a barátnőm nem hajlandó jönni, már két hete nem volt takarítva.

- Rettenetes... Két hete?

- Mióta a vízágy kilyukadt...

- Kilyukadt a matrac? Nem kellet volna talán hancúrozni rajta, nem bírta a strapát...

- Nem volt semmi hancúrozás... az én koromban? Egyszerűen kilyukadt, majdnem belefulladtunk.

- Ne hülyéskedjen! Senki se fulladt még bele egy vízágyba... Kilyukadt. Előfordul.

- Előfordul? He? Akkor azt magyarázza meg nekem, hogyan került Margaret horgolótűje a lepedő alá? Hee?

- Oh, oh. Aszondja Margaret?

– Kétség nem férhet hozzá. Kísért a házban, meg akar őrjíteni, de rajtam nem lehet kifogni. Költözöm. – kis szünet után még hozzátette - azt még nem is mondtam, hogy kinyomta a fogpasztát a tubusból, meg kitörölte az összes női e-mail címeket a computerből! Ráismerek. Gonosz! Egész életében gonosz volt.

– Hm, Szellemjárás? Maga biztos benne? És mondja csak Willy, kinyilatkoztatta magát a kísértet? Valami formában tudtára adta, hogy ő a maga felesége?

– Hát, hogy a fenébe ne? Ki más lehetne, ha nem a Margaret – fogta suttogóra hangját – kiüldözte a barátnőmet. Féltékeny a vén satrafa…

– Hát, ez nagyon érdekes…

Az öreg elmerengett egy pillanatra, majd valami gonosz kis fény ragyogott fel a szemében. Belébújt a kisördög és ő készségesen adott helyet neki. Fantáziája százhúszas tempóba rohant vele és egyből megszületett a terv. Félretéve az előző kétkedős hangvételt, most barátságosan szólalt meg, bátorításul még a háborgó szomszéd vállára is tette a kezét.

– Mondja csak Willy, maga milyen vallású?

Kowalszki értelmetlenül nézett az öregre, majd kibökte.

– Epistopalien, de mi köze van annak a dolgokhoz…

– Kár, hogy nem katolikus.

– Hát az majdnem az, csak pápa nélkül…

- Hmm. Nem tudtam, de így is jó. Tudja Willy, sajnálhatja, hogy olyan ellenérzésekkel viseltetik Wilson iránt, mert, ha valaki tud a maga problémáján segíteni, hát az nem más, mint Dan Wilson.

- A Wilson?

- Japp, senki se tudja itt a szomszédságban, hogy ki is ő tulajdonképpen. Én elárulok magának egy titkot, Wilson egy nagyon mély, spirituális egyéniség.

- A Wilson?

- Az egy és egyetlen Dan Wilson. Fiatal korában papnak készült, római katolikus papnak, de sajnos egy nagyon ritka betegség véget vetett az ígéretes karrierjének. Nanctaphobia áldozata lett.

- Nyaktamicsoda?

- Azt tudja mi a phobia? Irtózat, félelem valamitől. Mint claustrophobia, félelem a bezártságtól.

- Azt tudom.

- Nahát a nactaphobia, irtózat a szoros ruházattól, főleg nyakkendőtől, gallértól... eredetileg az akasztás is beletartozott, de manapság ritkán akasztanak. Szoros a gallér és bedagad Wilson nyelve, fuldoklik. Szóval a papságnak, mint karriernek lőttek, pedig már teológus korában komoly tekintélynek számított klerikális paranormális szupernaturális esetek vizsgálatában, mint megszállottság, kísértetjárás etcetera, etcetera... a Vatikán nagyon számított rá.

– A Wilson? Szinte hihetetlen?

– Ja, több van ott, mint amit a puszta szem lát. Sokkal több. Hallott maga Mulligan atyáról?

– Nem.

– Pedig nagy cikk volt róla a Times-ban.

– Én nem olvasok olyasmit

– Gondoltam – (*éppen ezért merem mondani)* – szóval Mulligan atya, itt a városban, a Szent Terézia templom plébánosa. Tudja itt a Fredricktonon, Wilson volt teológiai iskolatársa, igen szoros barátságban vannak. Különben ő a legismertebb szelleműző Kanadában.

– Sose hallottam róla.

– Nem csodálkozom. (*Te barom, most találtam ki.)* Ha valahová megy ördög vagy szelleműzni, Wilson megy vele ministrálni.

– Ministrálni? Nem túl öreg ő már ahhoz?

– Hát mit képzel, majd egy gyereket visznek egy kísértetjárta házba, az éjszaka kellős közepén?

– Hát, van benne valami…

– Szóval, Wilson a maga egyetlen reménye, mivel maga nem katolikus, Mulligan tisztelendő nem jöhet számításba, marad a barátunk és higgye el, van olyan jó, mint a Mulligan, ha nem jobb.

– Wilson? Nahát, ki hinné? Csak a kocsiját mossa…

– Ne tévessze meg a látszat, a kocsi mosás nála egy formája a meditálásnak, olyankor kiemelkedik a testéből a lelke és tisztul.

– A Wilson? – csóválta a fejét, látható kétkedéssel Willy Kowalszki – Gondolja, hogy tudna valamit csinálni? Az igazság az, hogy nem szívesen adnám el a házat...

- Bízza csak rám, majd én beszélek vele, jó ember ám ő... Készségesen segít a rászorulókon... elvégre is majdnem pap. Gallér nélkül.

Miután az öreg megnyugtatta az aggódó szomszédot, útjára eresztette, ő meg átsétált az úton, hogy barátját tájékoztassa a ráosztott szerepről.

- Joe! Magának elment az esze. Ekkora marhaságot még az életemben nem hallottam. Én, mint papnövendék? - a hasát fogta a röhögéstől - ráadásul katolikus? Az anyám, szegény forog a sírjában... igaz keresztényi, ír-protestáns hittel gyűlölte a katolikusokat.

- Röhögés helyett, jobb, ha magába száll és felkészül a nagy szerepre...

- Viccen kívül, nekem tetszik az ötlet. Szóval mikor megyünk szelleműzni... de azt is árulja el, hogy mit kell csinálni.

- Semmit. Abszolúte semmit. Nem az a lényeg, hogy mi mit csinálunk, hanem hogy Kowalszki mit hisz, hogy mi mit csinálunk. Minél kevesebbet tud, annál többet hisz. Ez minden hitvallás alapja. Magának, mint papnak azt tudnia kellene.

- Ne röhögtessen és beszéljen halkabban, Emma meg ne tudja, mert kitör a balhé. Tudja, hogy nincs humorérzéke.

Szóval, annak rendje és módja szerint, az öreg tájékoztatta a reménykedő szomszédot, hogy még azon éjszaka, mielőtt éjfélt ütne az óra, Dan Wilson megkísérli a sértett néhai feleség szellemét megbékíteni és felkérni a ház elhagyására és, hogy őneki, mármint Kowalszkinak, semmi mást nem kell csinálnia, mint távol maradni a háztól.

Joe a délutáni sziesztа helyett végig járta a város üzleteit, hogy tömjént szerezzen a szertartáshoz, de csalódással kellett tudomásul vennie, hogy az ókori fűszer nem egy közhasználatú cikk. Végül is kénytelen volt megelégedni sandalwood és pacsuli illatú füstölő pálcikákkal, amit egy boszorkány szaküzlet bájos tulajdonosa ajánlott neki, esküdözve, hogy azok lélekemelő hatása egyenlő a tömjénnel.

Arra viszont egyikük sem gondolt, hogy milyen ürüggyel hagyják el a házat az éjszaka kellős közepén. Mint mondanak az asszonyoknak? Csak ültek a garázsajtóban szótlanul, minden épkézláb ötlet nélkül. Az öreg, aki különben teli volt ideával, különösen, ha szorult a kapca, most tanácstalanul vakarta a fejét. Végül megegyeztek abban, hogy nem szólnak semmit, hanem megpróbálnak kisurranni, és ha mégis lebuknának, ki-ki rögtönözzön úgy, ahogy tud.

*

Húsz perccel éjfél előtt értek a tett színhelyére, Kowalszki, viszonylag józan állapotban várta őket a bejáróban, a macskáját szorongatta és látható aggodalommal üdvözölte a szomszédjait.

- Willy! - Wilson patronáló bizalmassággal fogta át a vállát és egy idegen, tőle szokatlan dallamos, bariton hangon szólt. - Mister Kowalszki, ez egy jószomszédi gesztus a részemről, remélem, nem jut majd az egyház tudomására... mert ugye, egy epistopélian mégis csak egy izé... epistopélien, a pápa őszentsége rossz néven venné. Maradjon ez szigorúan közöttünk.

- Na, ja... akár meg is esküszöm...

- Nem szükséges, tudom, hogy megbízhatok a diszkréciójában. Most én bemegyek... Mister Balog jön velem, bár kétségeim vannak őt illetően... köztünk legyen mondva, nem egy spirituális egyéniség...

- Wilsooon! - Szólt rá az öreg, de az mit sem törődve a rosszallással, folytatta.

- Mindaddig, míg be nem fejeztem a szertartást, semmi körülmények között be ne tegye a lábát. Történjék bármi, belecsaphat a ménkű, kigyulladhat a ház, maga meg se moccanjon.

- Kigyullad? Arról nem volt szó.

- Kedves barátom, van magának fogalma, hogy a természetfölötti erők mire képesek? Itt a szupernaturális, paranormális, a titokzatos másvilág kiszámíthatatlan manipulációja...

- Wilsoon!!! - az öreg karon fogta a prédikáló szomszédot és egy határozott mozdulattal a veranda felé pördítette. – Willy érti! Ígéri! Esküszik rá! Elég a dumából, lássuk, miből élünk.

– Okay, okay… – adta meg magát, kissé sértődötten a szelleműző majdnem pap és azzal bementek kísértet-járta házba. – Mért kell magának mindenbe beleszólni, csak rá akartam egy kicsit ijeszteni.

– A tűz egy kicsit túlzás volt… Amilyen állapotban van, képes mindent elhinni. Ne felejtse el, csak annyit kell elérni, hogy ne adja el a házat, semmi kedvem új szomszédot trenírozni. Mivel igazából nem is akar költözni, csak egy kis *rábeszélés* kell. Ez az egész szellemjárás egy nagy hülyeség, csak az agyában van, amennyiben hisz a létezésében, oly annyira hisz a maga csodatevő képességeiben is.

– Okay, akkor mit fogunk csinálni mindentudó főmajster úr?

– Ne humorizáljon, nem áll jól magának. Ami pedig a mindentudást illeti… ahhoz kétség nem férhet.

– Mélységesen meg vagyok hatva.

– Úgy van az rendjén, de közben nyitogathatja az ablakokat…

– Minek? Hogy Margaret ki tudjon repülni?

– Egy szellemnek nem kell nyitott ablak, az keresztülmegy a falon is. Ennyit még egy gyerek is tud, egy szelleműző papról nem is beszélve. Füstölő pálcikákat gyújtunk, hadd lássa Kowalszki, hogy valami történik…

– Aztán?

- Aztán megnézzük, hogy mi van a tévén, Willynek szatellit TV-je van.

- Whaaa! Remélem van Playboy csatorna is.

- Naná!

- Joe! Én kezdem komálni ezt a szelleműző bizniszt. Hát még ha egy pár üveg sör is akadna a hűtőben.

- Arra ne számítson, Willy szigorúan whiskey ivó, esetleg vörösbor...

- Kár.

- De mióta iszik maga sört?

- Mióta pap lettem... megbocsájtja, ha nem iszom bort, gyomorégést kapok tőle.

- Se bor, se sör.

Wilson kézbe vette a TV kapcsolót és buzgón kattintgatott, cserélgette a csatornákat, míg az öreg a füstölőket gyújtogatta. A kékes füst kecsesen kígyózott a nyitott ablakok előtt, illatuk betöltötte a házat.

- Whaaa, ezt nézze Joe... - lelkesedett Wilson, rátalált a Playboy csatornára - mekkora didkók, le merném fogadni, hogy szilikon... ilyen nincs... hogy bírja szegény hurcolni?

- Vegye le a hangot, még majd Kowalszki meghallja és maga se lelkesedjen olyan nagyon. Megárt a szívének.

- Csak azt nem értem, hogy ezek az ürgék, hogy bírják a strapát? Le merném fogadni, hogy Viagra. Mondja Joe... maga szedett már Viagrát?

- Először is, nekem nincs rá szükségem... másodszor meg mi köze hozzá. Alig huszonnégy órája, hogy papot csináltam magából és már gyóntatni akar?

– Okay, okay az ember már nem is kérdezhet. Oh, oh itt jön a másik nő… Na mi lesz ebből?

– Nyugodjon meg, nem fognak összeveszni a koncon.

– Minden férfi álma…– Az ám. Álom. Ilyen valóságban nincs.

– Csak azért, mert magának nem volt szerencséje, az nem jelenti azt, hogy…

– Magának se. Az már a többség.

– Ne rontsa az illúziót.

… és ment a szelleműzés miközben Willy Kowalszki a körmét rágta, a kocsijában ülve aggodalmaskodott az ablakokból kígyózó füstöt látva. Próbált emlékezni, hogy vajon a tűzbiztosítása érvényes-e szelleműző szertartásokra.

Múlt az idő, már a véget nem érő sex is elveszítette a hatását, az öreg elszundikált, Wilson meg egy tengeralatti archeológiai kutatást talált a tévén. Aztán azt is megunta, közben elhatározta, hogy nem fog szatellit tévére előfizetni, nem éri meg.

Már jóval elmúlt egy óra, mikor az öreg felriadt. Egyedül találta magát a szófán, Wilson sehol.

– Dan! Hol az ördögbe' van?

–Itt, a konyhában. Ezt nézze meg, mit találtam!

- Ne kotorásszon. Olyan kíváncsi, mint egy vénasszony. Mit csinál?

A konyhában találta a barátját, az éppen egy Johnny Walker, whiskys üvegen babrált.

- Ez a barom Kowalszki igencsak ráállt a piára. Három bontatlan üveg is van a szekrényben.

- Ne nyúljon hozzá, ha meg akarja ölni magát, az az ő dolga. Én már régen feladtam, hogy aggódjak miatta. Na, most mondja, mit csinál? Tegye vissza azt az üveget.

Wilson óvatosan vágta körül a whiskeys üveg záró kupakját, majd egy jó adag sót öntött bele.

- Valahol olvastam - mondja - hogy a sózott piától rókázni fog a páciens és elmegy a kedve tőle.

- Ahogy azt maga elképzeli. Totális hülyeség. Na és, kihányja aztán iszik tovább.

- Mindegy, akkor is egy jó hecc - és a fiókban talált tix szalaggal körül tekerte a kupakot, a felületes vizsgáló észre se venné, hogy az nyitva volt és visszatette a szekrénybe.

- Jobb lesz, ha bezárjuk a boltot, mert majd Kowalszki gyanakodni fog. Szelleműzésből, azt hiszem ennyi elég is volt.

Azzal az öreg indult is, tolta maga előtt a barátját.

- Egy biztos, jól bebüdösítette a házat, ide aztán kísértet nem teszi be a lábát.

- Egy kísértet nem lábon jár, az leng, még annyit se tud?

– Ki tudja, talán összedőlne a világ, ha egyszer is annak a szegény Wilsonnak hagyná az utolsó szót.

Willy Kowalszki már türelmetlenül ácsorgott a ház előtt s mikor a két szomszéd megjelent az ajtóban, elárasztotta őket kérdésekkel.

– Na, sikerült? Mi égett? Csak úgy dűlt a füst az ablakokból, már majd, hogy nem hívtam a tűzoltókat. Be lehet már menni? Mi legyen a vízi-matraccal? Biztos, hogy nem jön vissza? De mi lesz, ha mégis?

– Nyugi, Willy… ne idegeskedjen, minden simán ment, Wilson igazából a legjobb, a delux szertartást csinálta végig, amit csak a legtekintélyesebb katolikus hívek kapnak. Mint egy epistopélien, azt magának külön értékelnie kell.

– Értékelem én, higgyék el, nem is tudom, hogy háláljam meg.

– Egy százas Szent Antalnak jól jönne… majd én beteszem a perselybe…

– Wilsooon! – lökte oldalba az öreg a barátját egy rosszalló fejcsóválás kíséretében, majd megnyugtatta Kowalszkit.

– Arra nem lesz szükség… Szent Antal már multimilliomos a maga százasa nélkül is. Viszont azt tanácsolnám, hogy dobja ki a vízi-matracot, nem magának való az, különösen, ha a barátnőjének víziszonya van.

– Nem számít az már, nem hiszem, hogy Ivonne valaha is visszajönne…

- Annyi baj legyen, majd jön másik, magára buknak a nők, csak tudnám miért...

- Hát, hogy az igazat megvalljam, egy kissé túl zsírosan főzött, nem bírja azt már az én epém.

- Na, látja, minden kár haszonnal jár.

Azzal magára hagyták Willy Kowalszkit a kísértet-mentes házzal, angóra macskájával, gyenge epéjével és az aggasztó nőhiányával. Mielőtt még elváltak volna, Joe nem bírta ki, hogy ne hozakodjon elő Wilson százasával.

- Megáll az eszem, képes lett volna levágni Kowalszkit egy százas erejéig. Még hogy majd maga beteszi a perselybe...

- Miért ne, becsületes munkáért, becsületes fizetség jár.

- Na, ne hülyítsük egymást Dan, erre ráfogni, hogy becsületes, egy kissé túlzás. Még majd lelkiismeret furdalást fog nekem okozni.

- Na látja, a százas enyhített volna a fájdalmain, becs szóra feleztem volna. Képzelje el egy ötvenes, anélkül, hogy az asszony tudna róla.

- Jóccakát Tisztelendő úr és szégyellje magát!

- Na, arra várhat, majd bolond leszek.

Most az egyszer az öreg ráhagyta, övé legyen az utolsó szó és besurrant a házba. Szerencséje volt, Máli átaludta a kirándulást, csak a kutya nehezményezte, hogy kimaradt a csavargásból. Még sokáig ébren bámulta a plafont, nem jött álom a szemére, nem ment ki a fejéből az éjszakai kaland. Willy Kowalszki csökönyös hiedelme a szellem kísértésében, vajon csak butaság vagy valamiféle bűntudat késztet egy különben normális embert, hogy higgyen a hihetetlenben. Mindegy, nyugtatta meg végül is magát, lényeg az, hogy marad a szomszéd, nem lesz új jövevény a Crimson utcában.

*

A két öreg hamarosan napirendre tért a szelleműzés fölött, már csak apró, mindennapi hírek foglalkoztatták a szomszédságot. Mint, hogy Jaques Gillis lábáról levették a gipszet, Dominic Galucci már megint új kocsit vett, Samy és Mary Lou a második gyereket várja, meg Johanseen házán cserélik a tetőt. Szóval van miről beszélni, vitatkozni a véget nem érő kávézások alatt, az élet megy a maga megszokott útján.

Szerdán, késő délután, Joe éppen krumplit hámozott a készülő vacsorához, mikor Wilson megjelent a nyitott ajtóban.

- Joe! Baj van.

- Ha az a maga baja, akkor ne is fárassza magát, mert az engem nem érdekel.

- Na, akkor ez fogja érdekelni, Kowalszki házánál kint van a tábla. A ház eladó.

- Maga viccel.

- Jöjjön, nézze meg magának, ha nekem nem hisz.

Az öreg lecsapta a félig hámozott krumplit, félrehúzta a tűzhelyen rotyogó birkapaprikást és Wilsont követve kisietett a házból. A bejáró végéből jól látható Willy Kowalszki háza, és mit ad isten, valójában ott a tábla.

- Na, erre kíváncsi vagyok, hogy mi ütött belé, hogy mégis költözik - fújt az öreg – jöjjön, járjunk a végére…

Willyt a hátsó kertben találták, a szerszámos sufni oldalában, a földön ült, egy félig üres whiskeys üveget szorongatott a térdei között. Homályos szemekkel meredt a jövevényekre és meg se várva a kérdést önként vállalkozott a magyarázattal.

– Költözök… eladom ezt a kurva házat… én oda többet be nem teszem a lábam. Felgyújtom, ha nem lesz rá vevő. Fel én. Égjen benne az a gonosz satrafa – suttogóra fogta a hangját – Visszajött. Nem fogott rajta a hókuszpókusz Mister katolikus pap úr… Visszajött a drágalátos… ráismerek. Ezt csinálta egész életében… besózta a bort, amivel főzött, hogy ne igyak belőle… Margaret… - sziszegte – most egy egész üveg Johny Walkert tett tönkre. BESÓZTA! Besózta a zárt üveget. Majd elhánytam magam. Hogy lehet valaki ilyen gonosz, egy üveg, húszdolláros, abszolúte jó whiskeyt tönkre tenni. Piros Johny Walker. Szerencsére volt tartalék… Margaret – ordította bele a nagyvilágba – velem nem lehet kibaszni!

Na, mit lehet erre mondani? Wilson nagyon kényelmetlenül érezte magát, már-már ott tartott, hogy bevallja a szerepét, de az öreg leintette, csak csóválta a fejét, számára nagyon is ismerős látvány volt Kowalszki meg a pia. Kísértetjárás vagy sem, csak idő kérdése volt, hogy ismét egymásra találjanak.

Az meg csak mondta a magáét, dőlt belőle az átok, régmúlt való, vagy vélt sérelmeit ismételgette, főleg a besózott italok megbocsájthatatlan bűneit.

A két szomszéd még próbálkozott szóhoz jutni, sikertelenül. Mit is lehetett volna még mondani. Az öreg kis lelkiismeret furdalással, lemondással indulásra intette a barátját, s ahogy hallótávolságon kívül értek megszólalt:

- Na, maga okos. Adtunk a szarnak egy pofont.

*

Az Író.

Születtem 1929. július 29-én Reformátuskovácsházán, - akkoriban Csanád-Arad- Torontálnak titulált vármegye, istenhátamögötti falujában. Legszebb emlékeim fűződnek az első tíz évemhez, amig ott éltem, aztán jött a nagyváros, Pest és a háború.

Nem beszélünk róla, hiszen van egy jó lehetőség, hogy az olvasó azt sem tudja, miről van szó, ha ilyen ó-kori történelemről beszélünk.

Ez a fiatalság privilégiuma.

A Színház és Film Művészeti Főiskolán végeztem, mint dramaturg... Annak ellenére, hogy színészi ambícióval indultam - de beleszólt a bürokrácia, és az életem egy éles kanyarral más irányba térült s vele együtt rám jött az írhatnék.

1956.

Véletlenek sorozata belesodort a történelembe és az életveszélyes következményeket elkerülendő, kis családot mentve, meg sem álltam Kanadáig ami a lehető legszerencsésebb fordulata volt, a különben szürke, eseménytelen, békességes életemnek.

Fuccs az írói ambíciónak, a csabai rendőrség elkobozta nyúlfaroknyi irodalmi munkásságom termékeit, minden más személyes kacattal együtt - valószínűleg megsemmisült a tárgyalások után

- sikeresen kitörölve írogató múltam. Nem is írtam fedezettlen csekkeken kívül jóformán semmit, negyven évig.

Nincs megbánás.

Főztem, vendéglőt vezettem, pincérkedtem majd finom friss tésztát gyártottam tonna számra...
Ha meggondolom az is valami.

1992-ben megvettem az első primitív számítógépet, hogy a kis vállalkozásunk könyvelését megkönnyítsem. Mikor aztán eladtam a tészta üzemet, mit csináljak egy haszontalan könyvelésre szabott computerrel? Vettem bele egy szövegszerkesztő programot és felfedeztem, hogy sokkal könnyebb rajta írni, mint az öreg Olivettin.

Író lettem.

Itt az eredmény, tetszett a kedves olvasónak, vagy sem, én minden jóindulattal igyekeztem.

Erről jut eszembe van ezen kívül még kettő, amit szeretnék a kedves figyelmébe ajánlani.

Rejtve, láthatatlanul

Egy rendhagyó család története

Regény

400 oldal

Harmath Péter, sikeres kanadai üzletember vall életéről, szexualitásának alakulásáról, a naiv gyerekkori játékoktól kezdve a felnőtt férfi tudatos, szabad párkapcsolatáig.

A regény másik központi alakja a mama, aki saját viharos serdülőkorán okulva, igyekszik gyermekeit őszinte, szorongásoktól mentes, boldog életre nevelni.

A spontán epizódok sorozata különleges családi kapcsolatot eredményez. A szerző határozott célja, hogy felvesse a kérdést, valóban olyan különlegesek-e ezek az események, vagy rejtetten sokkal gyakrabban fordulnak elő, mint gondolnánk, csak a társadalom álszemérme igyekszik eltakarni a közvélemény elől.

Az események helyszíne az 1940-56 közötti Magyarország, melyről a szerző korhű történelmi képet ad, az események, a körülmények, a korabeli nyelvezet hiteles felhasználásával.

A Petrulló házaspár rejtélyes esete

Kisregény

100 oldal

Szintén a niagarai szomszédságban játszódik, maffia, érdekházasság, pénz, pénz és sikkasztás... vagy inkább jogos/illegális ügyeskedése egy kijátszott paisanónak. Sex és menybemenetel sötét tervek és nem várt finálé.

Kérem látogassa a Kaláka Szépirodalmi Folyóirat havonta megjelenő számát. www.kalaka.com

És a személyes magyar és angol nyelvű honlapomat www.kaskoto.homestead.com

Manufactured by Amazon.ca
Bolton, ON